शिवानी

प्रख्यात कथाकार शिवानी का जन्म 17 अक्तूबर, 1923 को विजयादशमी के दिन राजकोट, गुजरात में हुआ।

शिवानी की पहली रचना अल्मोड़ा से निकलनेवाली 'नटखट' नामक एक बाल-पत्रिका में छपी थी। तब वे मात्र बारह वर्ष की थीं। इसके बाद वे मालवीय जी की सलाह पर पढ़ने के लिए अपनी बड़ी बहन जयंती तथा भाई त्रिभुवन के साथ शान्तिनिकेतन भेजी गईं, जहाँ स्कूल तथा कॉलेज की पत्रिकाओं में बांग्ला में उनकी रचनाएँ नियमित रूप से छपती रहीं। गुरुदेव रवीन्द्रनाथ टैगोर उन्हें 'गोरा' पुकारते थे। उनकी ही सलाह कि हर लेखक को मातृभाषा में ही लेखन करना चाहिए, शिरोधार्य कर उन्होंने हिन्दी में लिखना प्रारम्भ किया। शिवानी की पहली लघु रचना 'मैं मुर्गा हूँ' 1951 में 'धर्मयुग' में छपी थी। इसके बाद आई उनकी कहानी 'लाल हवेली' और तब से जो लेखन-क्रम शुरू हुआ, उनके जीवन के अन्तिम दिनों तक अनवरत चलता रहा। उनकी अन्तिम दो रचनाएँ 'सुनहुँ तात यह अकथ कहानी' तथा 'सोने दे' उनके विलक्षण जीवन पर आधारित आत्मवृत्तात्मक आख्यान हैं।

1979 में शिवानी को 'पद्मश्री' से अलंकृत किया गया। उपन्यास, कहानी, व्यक्ति-चित्र, बाल उपन्यास और संस्मरणों के अतिरिक्त, लखनऊ से निकलनेवाले पत्र 'स्वतंत्र भारत' के लिए शिवानी ने वर्षों तक एक चर्चित स्तम्भ 'वातायन' भी लिखा। उनके लखनऊ स्थित आवास-66, गुलिस्ताँ कालोनी के द्वार लेखकों, कलाकारों, साहित्य-प्रेमियों के साथ समाज के हर वर्ग से जुड़े उनके पाठकों के लिए सदैव खुले रहे।

21 मार्च, 2003 को दिल्ली में उनका निधन हुआ।

भैरवी

शिवानी

राधाकृष्ण पेपरबैक्स

राधाकृष्ण पेपरबैक्स में
पहला संस्करण : 2006
ग्यारहवाँ संस्करण : 2025

राधाकृष्ण पेपरबैक्स : उत्कृष्ट साहित्य के जनसुलभ संस्करण

राधाकृष्ण प्रकाशन प्राइवेट लिमिटेड
जी-17, जगतपुरी, दिल्ली-110 051
द्वारा प्रकाशित

शाखाएँ : अशोक राजपथ, साइंस कॉलेज के सामने, पटना-800 006
पहली मंजिल, दरबारी बिल्डिंग, महात्मा गांधी मार्ग, प्रयागराज-211 001
1, अनमोल सोराबजी संतुक लेन, धोबी तलाव, मरीन लाइंस, मुम्बई-400 002
वेबसाइट : www.radhakrishnaprakashan.com
ई-मेल : info@radhakrishnaprakashan.com

बी.के. ऑफसेट
नवीन शाहदरा, दिल्ली-110 032
द्वारा मुद्रित

मूल्य : ₹ 199

BHAIRAVEE
Novel by Shivani

ISBN : 978-81-8361-069-8

भैरवी

आकाश की नीलिमा मानो उस अरण्य को चीरती हुई झपाटे से नीचे उतर आई थी। प्राचीन वट और अश्वत्थ के धूमिल वृक्ष मौन साधकों की तरह अचल खड़े थे। वह उस खुली खिड़की से, बड़ी देर से इन्हीं वृक्षों को देख रही थी। क्या इन वृक्षों की पत्तियाँ भी, अरण्य की मूल भयावहता से सहमकर हिलना भूल गई थीं? उसने करवट बदलने की कोशिश की। जरा हिली कि रग-रग में दर्द दौड़ गया। वह कराह उठी। उस दिन सिसकी में डूबे हुए करुण निःश्वास को सुनकर, कोठरी के किसी अँधेरे कोने पर लगी खटिया से कूदकर थुलथुले बदनवाली एक प्रौढ़ा उसके चेहरे पर झुक गई।

'जय गुरु, जय गुरु' की रट लगाते हुए वह प्रौढ़ा अपना चेहरा, उसके इतने निकट ले आई कि जर्दा-किकाम की महक, किसी तेज गन्धवाली अगर की धूनी की याद ताजा करते हुए, उसकी सुप्त चेतना को झकझोर गई। उसने सहमकर आँखें मूँद लीं। बेहोशी का बहाना बनाए वह लेटी ही रही। प्रौढ़ा संन्यासिनी बड़बड़ाती हुई एक बार फिर अपने अन्धकारपूर्ण कोने में खो गई।

ओफ, कैसी भयावह आकृति थी उस संन्यासिनी की! ऊँची बँधी गेरुआ मर्दाना धोती, जिसे उसने घुटनों तक खींचकर, कमर की विराट परिधि में ही आँचल से लपेटकर बाँध लिया था। परतों में झूल रहे, नग्न उदर से लेकर, तुम्बी-से बन्धनहीन लटके स्तनों तक रक्त-चन्दन का प्रगाढ़ लेप, जिसकी रक्तिम आभा उसके रूखे खुरदरे चेहरे को भी ललछौंहा बना गई थी। एक तो मेरुदंड की असह्य वेदना, उस पर संन्यासिनी की वह रौद्रमूर्ति। उसने आँख बन्द कर लीं, पर कब तक वास्तविकता से ऐसे आँखें मूँदे अचेत पड़ी रहेगी? क्या जीवन-भर उसे ऐसी ही भयावह भगवा मूर्तियों के बीच अपनी पंगु अवस्था बितानी होगी? और फिर उस भयानक कालकोठरी की

अमानवीय निस्तब्धता ही उसका गला घोंट देने के लिए पर्याप्त थी। देखा जाए तो वह कोठरी थी ही कहाँ, किसी मालगाड़ी के बन्द डिब्बे-सी सँकरी गुफा थी, जिसकी एक दीवार को तोड़-फोड़कर एक नन्ही-सी टेढ़ी खिड़की बना दी गई थी। खिड़की भी ऐसी कि कभी अपने बंकिम गवाक्ष से मुट्ठी-भर ताजी हवा का झोंका लाती भी, तो दूसरे ही क्षण उसी तत्परता से, फटाफट अपने अनाड़ी जर्जर पट मूँदकर, दूसरे झोंके का पथ, स्वयं ही अवरुद्ध भी कर देती। कभी-कभी कोने में जल रही धूनी के धुएँ की कड़वी दुर्गन्ध से उसका दम घुटने लगता, चन्दन के जी में आता कि वह भागकर बाहर चली जाए, पर भागेगी कैसे?

उस दिन, विवशता की सिसकी उस गुहा की नीची, झुक-झुक आती छत से टकराकर, गुरुगर्जना-सी गूँज उठी थी, और वह चंडिका-सी वैष्णवी, उसके कुम्हलाए आँसुओं से भीगे चहरे पर एक बार फिर झुककर बाहर भाग गई। थोड़ी ही देर में कई कंठों का गुंजन, उसके कानों से टकराने लगा, पर वह दाँत से दाँत मिलाए, आँखें बन्द किए पड़ी रही। बादलों से अधढके दूज के चाँद का थका-हारा-सा प्रकाश उसके पीले चेहरे पर फैला हुआ था। बड़े-बड़े मुँदे नयनों की कोर पर टपकी आँसुओं की बूँदें गौर से देखने पर नजर आ ही जाती थीं।

"देखा न? होश में आ गई है, होश में न आई होती तो आँखों में आँसू आते? दो बार तो मैंने इसे कराहते हुए सुना।" वही संन्यासिनी कहे जा रही थी, "मैं तो कहती हूँ गुसाईं, कहीं भीतर भारी गुम चोट खा गई है, आज आठवाँ दिन है, पानी की एक बूँद भी गले के नीचे नहीं उतरी—किसी की मोटर माँगकर इसे शहर के बड़े अस्पताल में पहुँचा दो...।"

"नहीं!" नगाड़े पर पड़ती चोट-सा एक कठोर स्वर गूँज उठा, "यह मरेगी नहीं।" "जय गुरु, जय गुरु!" संन्यासिनी कहने लगी, "गुरु का वचन क्या कभी मिथ्या हो सकता है? ये लीजिए, चरन नई चिलम भरकर ले आई, आप विश्राम करें। मैं तो इसके पास बैठी ही हूँ, जब आपने कह दिया कि यह नहीं मरेगी तब फिर हमें कोई डर नहीं रहा।"

"क्यों री चरन, चिलम भरना भूल गई क्या?" गाँजे के दम से अवरुद्ध गुरु का स्वर चरन से बेदम चिलम की कैफियत माँगने लगा।

"अरे भूलेगी कैसे, असल में इस ससुरी की हमने आज खूब पिटाई की है।" संन्यासिनी ने अपनी चौड़ी हथेली, खटिया पर टिका दी।

"क्यों, आज क्या इसने फिर हमारी सप्तमी चुरा ली?"

"और क्या! गिनकर पाँच पुड़ियाँ धरी थीं। आज जब आपकी चिलम सजाने को ढूँढ़ने लगी तो देखा तीन ही पुड़ियाँ हैं। हम समझ गईं। आखिर साँप का पैर तो साँप ही चीह्नता है गुसाईं, हमने हरामजादी को उजाले में खींचकर आँखें देखीं तो एकदम लाल जवाफूल। बस चोरी पकड़ ली। सत्रह की पूरी नहीं हुई और लगाएगी गाँजे का दम, वह भी गुरु का गाँजा—बस तीन चिमटे ऐसे दिए कि पीठ पर गुरु का त्रिशूल उभर आया है।"

"अच्छा, अच्छा, अब जो हो गया सो हो गया, हाथ-वाथ चलाना ठीक नहीं है, माया! चलो सो जाओ अब, हमें राघव ने बुलाया है, बर्दवान से कोई रामदासी कीर्तनिया आया है—हम कल तक लौटेंगे।"

गुरु का कंठ-स्वर की सप्तमी के रंग में रँग गया था...।

खड़ाऊँ की क्रमशः विलीन होती खटखट से चन्दन आँखें बन्द होने पर भी गुरु के विदा हो चुकने के सम्बन्ध में आश्वस्त हो सकी। वैष्णवी उठी, और उसके उठते ही उसकी देह-गरिमा से एक कोने को झूला-सी बन गई मूँज की खटिया, एक बार फिर अपना सन्तुलन लौटा लाई। अब तक नीचे अतल जल में डूबती हलकी पोटली-सी ही चन्दन सहसा ऊपर उठ आई। थोड़ी ही देर में, कोने की खटिया से वैष्णवी के नासिका-गर्जन से आश्वस्त होकर उसने आँखें खोल लीं। गगन की धृष्टा चाँदनी, अब पूरे कमरे में रेंगती फैल गई थी। कृपण वातायन से घुस आया हवा का एक उदार झोंका उसे चैतन्य बना गया। पहली बार, अनुसन्धानी दृष्टि फेर-फेरकर उसने पूरे कमरे को ठीक से देखा। कितनी नीची छत थी! लगता था, हाथ बढ़ाते ही वह छत की बल्लियों को छू सकती है। धुएँ से काली पड़ी हुई काठ की उन मोटी-मोटी बल्लियों के सहारे, कई गेरुआ पोटलियाँ झूल रही थीं, खूँटियों पर टँगी गेरुआ धोतियाँ, दो-तीन बड़े-बड़े दानों की रुद्राक्ष-कंठियाँ और काले चिकने कमंडलों को देखकर, इतना समझने में उसे विलम्ब नहीं हुआ कि वह वैरागियों की किसी बस्ती में आ गई। अचानक उसकी भटकती दृष्टि कोने में गड़े एक लम्बे सिन्दूर-पुते त्रिशूल पर निबद्ध हो गई। निर्वात दीप की शिखा हवा में झूम रही थी, त्रिशूल पर लाल और सफेद चिथड़ों-सी नन्हीं ध्वजाएँ फड़फड़ा रही थीं और ठीक त्रिशूल के नीचे पड़े थे, स्तूपीकृत नरमुंड।

भय से चन्दन काँप उठी, बड़ी मुश्किल से काबू में आए हुए उसके होश-हवास फिर गुम होने लगे। क्या यह किसी कापालिक की गुहा थी या

किसी श्मशान-साधक का आश्रम?

संन्यासिनी का नासिका-गर्जन और भी ऊँचे अवरोह के सोपान पर हुलसने लगा। ठंडे पसीने से तर-बतर चन्दन, सारी रात दम साधे, सतर लेटी रही। भोर होने से कुछ पहले न जाने कब उसकी आँखें लग गईं। आँखें लगी ही थीं कि उसे लगा, किसी ने उसके ललाट का स्पर्श किया है। न चाहने पर भी उसकी आँखें खुल गईं। एक हब्शी का-सा काला चेहरा, उसकी ओर बढ़ रहा था। काले चेहरे पर, अंगारे-सी दहकती दो लाल-लाल आँखें देख, शायद वह जोर से चीख ही पड़ती कि सहसा मोती-से दमकते दाँतों की उज्ज्वल हँसी देखकर आश्वस्त हो गई। यह हँसी तो मैत्री का हाथ बढ़ा रही थी।

"भूख लगी है क्या?" स्निग्ध हास्योज्ज्वल प्रश्न के उत्तर में, बिस्तर से लगी असहाय देह सिसकियों में टूटकर काँपने लगी।

"छिः—रोओ मत, ऐसे रोने से तबीयत और खराब होगी। रुको, मैंने अभी दूध गरम किया है, जैसे भी हो, थोड़ा-बहुत गुटक लो।"

थोड़ी ही देर में वह काँसे के चपटे कटोरे में भरकर दूध ले आई। सहारा देकर उसने चन्दन को बिठाया और दूध का कटोरा उसके क्षुधातुर होंठों से लगा दिया। एक ही साँस में वह पूरा कटोरा खाली कर गई। उस काली लड़की ने, बड़े यत्न से उसे एक बार फिर लिटा दिया।

"चुपचाप लेटी रहो, समझीं?" वह हँसकर कहने लगी, "मैं मंदिर को झाड़-पोंछकर अभी आती हूँ, थोड़ा समय लगेगा, मंदिर जरा दूर है न, इसी से।" वह अनर्गल बोलती जा रही थी, "लौटते में तुम्हारे लिए प्रसादी के केले भी लेती आऊँगी। बाहर से साँकल चढ़ाए जा रही हूँ। आज कोई है नहीं, गुरु महाराज बाहर गए हैं और माया दीदी अपने पुराने अखाड़े में गई हैं, कल तक लौटेंगी, भगवान करे उनकी नाव वहीं डूब जाए।" वह फिर हँसने लगी।

"क्यों जी, तुम तो कुछ बोलती ही नहीं, गूँगी हो क्या?" इस बार उस काली लड़की ने उसकी ठोड़ी पकड़ ली। यह चंचल लड़की बस एक पतली-सी भगवा साड़ी पहने थी और उसे भी ऊँचे बाँधे हुए थी। साड़ी की पतली भाँजों से झाँकते हुए पुष्ट यौवन की झलकियाँ देखकर चन्दन नारी होते हुए भी लजाकर रह गई। किन्तु उस वन-कन्या को, लज्जा के लिए अवकाश ही नहीं था।

"अच्छा जी, नई भैरवी—इतने दिनों तक क्या तुम सचमुच दिन-रात बेहोशी में पड़ी रही थीं!"

चन्दन ने इस बार भी कुछ उत्तर नहीं दिया...।

"हाय राम, सचमुच ही गूँगी हो क्या? राम रे राम! ऐसा गन्धर्व किन्नरियों का-सा रूप दिया और मुँह में एक छटंकी जीभ नहीं दे पाया। वाह रे भगवान, वाह! इसी दुःख से तुम चलती रेलगाड़ी से कूद पड़ी थीं क्या?"

चन्दन असहाय करुण दृष्टि से अपनी इस विचित्र अपरिचिता सहचरी को देखती रही।

"बाप रे बाप! हिम्मत तो तुम्हारी कम नहीं है जी! हमारा तो उस कलमुँहे इंजन को देखते ही कलेजा धड़कने लगता है।...और जानती हो, कहाँ गिरी थीं तुम?"

सुना है, साँप को देखकर पक्षी मन्त्रमुग्ध हो जाता है। किसी ऐसे ही मन्त्रमुग्ध पक्षी की तरह चन्दन इस बड़ी-बड़ी आँखोंवाली जंगली लड़की की लच्छेदार बातों में बँधकर रह गई।

"ठीक जलती चिता से आधे गज की दूरी पर। जरा भी और तेजी से गिरी होतीं तो घोषाल बाबू के लड़के के साथ सती हो जातीं।" वनकन्या ने अपनी बात पूरी की और जोरदार ठहाका लगाया।

चन्दन को मौन देखकर उसने खुद ही बातचीत का सिलसिला आगे बढ़ाया, "तुम्हारा भाग्य अच्छा था, जो गुरु उस दिन शिवपुकुर के महाश्मशान में, वट-तले साधना करने चले गए थे। नवेन्दु घोषाल के जवान लड़के की अधजली चिता छोड़कर ही लोग तुम्हें हवा में तैरती लाश समझ 'भूत-भूत' कहते भाग गए तो गोसाईं तुम्हें कन्धे पर रखकर आधी रात को द्वार खटखटाने लगे—मैंने ही द्वार खोला। पहले तो घबरा गई। ऐसे मुर्दा घर लाकर तो कभी शव-साधना नहीं करते थे गुरु, फिर आज कन्धे पर मुर्दा कैसे ले आए? फिर तुम्हें मेरी खटिया पर सुलाकर लगे हाँक लगाने, 'माया! माया!'—माया ससुरी एक बार दम लगाकर फिर क्या कभी इस लोक में रहती है! नहीं उठी तो मुझसे बोले, 'देख चरन, अमावस के दिन चिता के पास गिरी होती तो आश्रम को अपूर्व तोहफा जुटता। जलती चिता, वह भी अकाल मृत्यु-प्राप्त ब्रह्मचारी तरुण की चिता! पर फिर भी स्वयं विधाता ने इस नई भैरवी को प्रसादी रूप में पटका है, बीच श्मशान में, वह शिवपुकुर का महाश्मशान, जहाँ दिन हो या रात एक-न-एक चिता जलती ही रहती

है। तू इसकी देखभाल करना, समझी।' और मैं रात भर तुम्हारे सिरहाने बैठी रही, सच पूछो तो मैं तुम्हें मुर्दा ही समझे रखवाली कर रही थी। गुरु शव-साधना तो नित्य करते ही रहते हैं–किशोरी के शव को, इस बार शायद धूनी रमाकर घर पर ही साधेंगे, पर तुम्हारे कलेजे पर हाथ धरा तो जान गई कि तुम मुर्दा नहीं हो।''

''यह कोई मठ है क्या?'' क्षीण स्वर में चन्दन ने पूछा और उसके प्रश्न के साथ ही वह काली लड़की उससे लिपट गई, ''तब तुम गूँगी नहीं हो–इतनी देर तक गूँगी बनी क्यों ठग रही थीं जी?''

''तुमने मुझे कुछ कहने का अवसर ही कब दिया?'' इस बार चन्दन हँसी। सच ही तो कह रही थी वह। बकर-बकर करती हुई यह मुखरा लड़की चुप ही कहाँ हुई थी? ''क्या नाम है तुम्हारा?'' चन्दन ने ही फिर पूछा।

''चरन, चरनदासी, और तुम्हारा?'' उसकी मोहक हँसी पलभर में उसके डूबते काले व्यक्तित्व को सम्हाल लेती थी। मोटे अधरों पर थिरकती मधुर हँसी का मोहक माधुर्य तीखी नाक के रास्ते चढ़कर उन बड़ी कर्णचुम्बी आँखों में काजल की सुरमा-रेखा बनकर सँवर जाता।

''चन्दन।''

''वाह, कैसा मेल खाता है तुम्हारी देह के रंग से! इतनी गोरी कैसे हो जी तुम? माँ-बाप में से कोई अंग्रेज था क्या?''

''क्यों?'' चन्दन को हँसी आ गई, उसके सरल प्रश्न को सुनकर वह क्षण-भर को पीठ की व्यथा को भी भूल गई।

''एक बार माया दीदी अपने पुराने अखाड़े के लोगों से मिलने नैमिषारण्य गई थीं, हम भी साथ थीं। वहाँ सीतापुर के एक गार्ड बाबू अपनी पगली बिटिया को भभूती लगवाने लाते थे। एकदम तुम-सी ही गोरी थी। वह गार्ड बाबू थे निखालिस साहब, मेम थी काली-कलूटी और बिटिया ऐसी गोरी-चिट्टी कि छुओ तो दाग लग जाए। चलूँ, अब कहीं माया दीदी आ गईं तो बहुत बिगड़ेंगी।'' वह आँचल को कमर से लपेटती चली गई।

चन्दन एक बार फिर अकेली रह गई। उसके जी में आ रहा था कि वह एक बार फिर अपनी अचेतन अवस्था में डूब जाए। एक अज्ञात भय की सिहरन रह-रहकर उसे कँपा रही थी। वह भागना भी चाहेगी तो कैसे भाग पाएगी? चारों ओर गहन वन, सम्मुख बाँहें पसारे शिवपुकुर का महाश्मशान, अनजान परिवेश, विचित्र संगी-साथी। और फिर इस पंगु अवस्था

में पलायन कैसे सम्भव होगा? उसने पलंग की पाटी का सहारा लेकर उठने की चेष्टा की। दो कदम चलने पर ही पैर डगमगाने लगे। वह पलंग पर बैठकर हाँफने लगी; लेकिन इस बात की खुशी हुई कि पीठ की हड्डी निश्चय ही नहीं टूटी है। यदि टूटी होती तो वह क्या सतर चाल से ये चन्द डग भी भर पाती? वह एक बार फिर खड़ी हुई। इस बार दीवार का सहारा लेकर वह द्वार तक चली गई। बड़े आत्मविश्वास से, सधे कदम रखती वह पलंग पर लौट आई। पीठ में दर्द अभी था, पर हड्डी में इस बार वैसी असह्य शूल वेदना नहीं उठी। कुछ दिनों तक एकान्त में ऐसी ही चहलकदमी करती वह निश्चय ही अपनी मांसपेशियों की खोई हुई शक्ति फिर पा लेगी। इस सुखद अनुभूति से पुलकित होकर वह एक बार फिर लेट गई।

अचानक उसकी दृष्टि एक कोने में गैरिक कथरी से बँधी टोकरी पर पड़ी। टोकरी का ढक्कन जैसे किसी जादुई चमत्कार से हिलता-डुलता, क्रमशः हवा में ऊपर उठता जा रहा था। सहसा एक अदृश्य झटके से ढक्कन नीचे गिर गया और कथरी की शिथिल गाँठों को ठेलकर खोलता, एक काला चमकता नाग फन फैलाता, फूत्कार छोड़ता अपनी चिरी हुई जीभ लपलपाने लगा।

चन्दन थर-थर काँपती सर्वथा अवश पड़ी रही। कुंडली खोलता विषधर भयावह रूप से फन फैलाए झूमने लगा। इस बार चन्दन अपनी चीख नहीं रोक पाई। उसी चीख को सुनकर एक मूर्ति द्वार पर आकर खड़ी हो गई।

"क्या बात है?" अंग्रेजी में पूछे गए प्रश्न को सुनकर वह चौंक उठी। सारी देह पर भस्म, कंधे तक फैली, उलझी कुछ सुनहली कुछ भूरी जटाएँ, आरक्त चक्षु और नग्न देह।

"चीख क्यों रही थीं?"

इस बार प्रश्न का उत्तर दिया, स्वयं क्रुद्ध विषधर की फूत्कार ने—

"ओह!" वह उदासीन सहसा ठठाकर हँसने लगा। कैसी अद्‌भुत हँसी थी, जैसे किसी ने ऊँची पर्वत-श्रेणी से बहुत बड़ी शिला नीचे लुढ़का दी हो। "भोले के कंठहार ने डरा दिया लगता है, क्यों?"

फिर वह लम्बी-लम्बी डगें भरता उसी पिटारी की ओर बढ़ गया। अब मानो वह चन्दन की उपस्थिति भी भूल गया।

"खाना माँग रहा है मेरा बेटा? लगता है, चटोरी चरन आज इसके हिस्से का सब दूध पी गई, बेटे का काँसे का कटोरा तो रीता पड़ा है। यही नालिश

कर रहा है न?" चन्दन का कलेजा धक्-धक् कर उठा। काँसे के कटोरे का दूध तो चरन ने नहीं, उसी ने पिया था।

"आने दे चरन को।" वह कह रहा था, "आज उसकी नीली देह को डसकर और भी नीली कर देना अच्छा?" फिर उसे टोकरी से उठाकर अपनी नग्न छाती पर लगाकर ऐसे दुलारने लगा, जैसे वह सचमुच ही उसका लाड़ला बेटा हो। मूक नालिश करते नागराज को अब उसने अपनी ग्रीवा में लपेट लिया और कभी स्नेहपूर्ण आश्वासन से विचित्र कंठहार सहलाता, वह बाहर चला गया।

"अभी बताशा डालकर दूध पिलाऊँगा अपने बेटें को।"

फिर अपने विषधर पुत्र को दूध पिलाकर क्या यहीं सुलाने लाएगा वह नंगा अवधूत? और यदि अपनी अंगारे-सी दहकती आँखें चमकाता, उलझी जटाएँ फैलाता वह अपना दुर्दान्त चेहरा विवश पंगु असहाय पड़ी चन्दन के चेहरे से ही सटा बैठा तब? क्या कर लेगी वह? कंठहार से कंठ का स्वामी तो कुछ कम भयावना नहीं था। उसका चेहरा वह ठीक से नहीं देख पाई थी। उसने देखी थीं केवल लाल आँखें और भस्मपुती छाती। गुफा में दूसरा द्वार होता तो वह अपने समस्त मनोबल की बैसाखियाँ टेकती भाग निकलती। पर जिस द्वार से वह गया था, उससे वह जाती भी तो शायद अवधूत से ही टकरा जाती।

हवा के अप्रत्याशित झोंके-सा वह लौटा। हाथ में कटोरा और उसके गले में लिपटा लाड़ला। उसने एक बार भी चन्दन की ओर नहीं देखा। दूध का कटोरा खाली होते ही उसने उस तक्षक की चिकनी मोटी देह ऐसे यत्न से उतारी मानो हीरों का हार उतार रहा हो। फिर इस बहुमूल्य आभूषण को उसने तहाकर टोकरी में रख दिया और तब चन्दन ने एक आश्चर्यजनक नाटकीय घटना देखी। अवधूत झुका, टोकरी में कुंडली मारे तक्षक ने सिर उठाया। अपनी जीभ स्वामी के अधरों तक लाकर वह फिर टोकरी में दुबक गया। मानव और उसके जन्म-जन्मान्तर के शत्रु का मैत्री-चुम्बन देखकर चन्दन की विस्फारित दृष्टि पल-भर को स्थिर बन गई। वह एकटक उस औघड़ संन्यासी को देखती रही। संन्यासी ने टोकरी को बाँधा और धरा पर गड़े त्रिशूल के सम्मुख पालथी मारकर बैठ गया। फिर क्षण-भर में उसने इधर-उधर बिखरी हुई अव्यवस्थित लकड़ियों का त्रिकोण बना डाला। एक दीर्घ स्थायी धूनी की सृष्टि कर पूरे कमरे को धुएँ से भर दिया।

संन्यासी की अब तक अस्पष्ट आकृति सहसा खिड़की खुलने पर स्पष्ट हो उठी। अंग-भर में पुती भस्म, आश्चर्यजनक रूप से लम्बा कद और बैठने की अडिग मुद्रा देखकर लग रहा था, जैसे धूल-गर्द के अम्बार से ढकी कोई धातव मूर्ति हो। कमरे में रहने पर भी वह जैसे बाह्य ज्ञान से शून्य था, बिस्तर पर पड़ी सुन्दरी चन्दन की उपस्थिति की ओर से सर्वथा उदासीन। गम्भीर चेहरा और उस गाम्भीर्य को चीरकर पूरे कमरे में फैल रही एक तेजोमय दीप्ति। चन्दन एकटक उसे देखती जा रही थी। कैसा शान्त चेहरा लग रहा था, न तीक्ष्णता, न क्षण-भर पूर्व चरन के प्रति उठ रहा क्रोध का भभका। अद्भुत बाल-सुलभ स्निग्ध हँसी से रँगी भस्मपुती आँखें और उसी भस्म के मैसेकरा से रँगे हुए लड़कियों के-से रेशमी बाल। किसे देख रहा था वह पागल योगी? अपने दुलारे तक्षक को, राख से ठंडी धूनी को या त्रिशूल के नीचे पड़े नर-कंकाल के स्तूपाकृत पिरैमिड को?

उस निर्विकार नग्नता को देखकर भी चन्दन को भय नहीं हुआ। बीच-बीच में वह अपने लम्बे चिमटे से बुझती धूनी की राख को उखेलता और अपनी शिशु-सुलभ हँसी से चमकते हुए चेहरे को नीचे झुका लेता। वह हँस रहा है, यह चन्दन उसकी हिलती चौड़ी पीठ को देखकर ही समझ लेती, पर कौन-सी स्मृति उसे ऐसे गुदगुदा रही थी? अचानक एक झटके से वह जलती धूनी में चिमटे का कड़ा प्रहार कर उठ गया। चिमटे की चोट से जलती धूनी के मुट्ठी-भर अंगारे पूरे कमरे में फुलझड़ी की बौछार से बिखर गए और राख-मिश्रित धुएँ के गुब्बारों से चन्दन का दम घुटने लगा। उसने आँखें बन्द कर लीं। पता नहीं, अब यह पागल बाबा क्या कर बैठेगा! आँखें खुलीं तो धुआँ पूरे कमरे में फैलता द्वार से निकलने लगा था और उसी विलीयमान धूम्ररेखा को चीरती चरन हाथ में पूजा की थाली लिए बढ़ रही थी।

"लो, आज तुम्हारे भाग्य से प्रसादी में खूब सारे केले चढ़े थे।" तीन-चार केले चरन ने उसकी चारपाई पर डाल दिए। फिर वह उकसाई गई धूनी को देख घबरा गई, "हाय राम! गुरु क्या आज अबेला ही लौट आए? लगता है, आज श्मशान में कोई अभागा फुँकने नहीं आया। और जरूर इस कलमुँहे ने मेरी नालिश की होगी। क्यों है न?" बन्द पिटारी की ओर उसके इंगित को चन्दन समझ गई।

"इसके हिस्से का दूध तुमने मुझे क्यों पिला दिया, चरन?"

चन्दन के पास ही थाल रखकर, चरन धम्म से बैठ गई।

"अच्छा तो गुरु महाराज लौट आए। अब वह लौट आए हैं तब माया दीदी भी आती ही होंगी। उन्हें तो उनके आने और जाने की खबर जैसे हवा से मिल जाती है। फिर तुम्हारे पास मुझे वह बैठने देगी? अच्छा अब बताओ जी, तुम रेलगाड़ी से खुद ही कूद गई थीं या किसी ने धकेल दिया?"

कदली-ग्रास सहसा चन्दन के गले में अटक गया। उसे लगा, वह इस वन-मृगी-सी आँखोंवाली सरल वनकन्या के सम्मुख मिथ्या भाषण नहीं कर पाएगी। पर वह कुछ उत्तर देती, इससे पहले ही त्रिशूल के घुँघरू छमकाती माया दीदी द्वार पर खड़ी हो गई।

"मैं जानती थी, खूब जानती थी।" माया दीदी ने अपने पुरुष-कंठ-स्वर की वज्रहुंकार से पूरी गुफा गुँजा दी, "यह तुम्हारे पास बैठी बातें मार रही होगी। आज मंगलवार है, मन्दिर में एक ही बजे भीड़ जमा हो जाएगी—बुहार आई या नहीं?"

अप्रसन्न, अबाध्य मुद्रा में चरन हाथ बाँधे बैठी रही। वह कब की मंदिर हो आई है, यह सब उसने नहीं कहा।

"भूखी-प्यासी दो मील चलकर आ रही हूँ।" माया दीदी कहने लगी, "पर इस अभागी के रहते मुझे इतना भी तो सुख नहीं कि यह मुझसे इतना तो पूछ ले, 'दीदी, तुमने कुछ खाया या नहीं?' इसी से चलने लगी तो बहन ने साथ चबैना बाँध दिया। कहने लगी, 'दीदी, वह कलूटी तो मुझे पानी को भी नहीं पूछेगी—तेरा खाया-पिया न निकाल ले, वही बहुत है।' "

फिर उसने अपनी पुष्ट जाँघों पर गेरुआ पोटली धरकर, मोटी-मोटी चने की रोटियाँ निकाल लीं, बीच-बीच में अचार की फाँक चाटती, वह एक के बाद एक मोटी रोटियों की गुंजिया-सी बनाकर उदरस्थ करने लगी तो चन्दन की क्षुधा अचानक हृदयहीन शत्रु बनकर उसके जिह्वाग्र पर चढ़ आई। उसके जी में आया कि वह उसके हाथ से रोटी छीनकर खा ले। शायद उसकी लोलुप क्षुधातुर दृष्टि की याचना वैष्णवी ने भी देख ली।

"क्यों जी, ऐसे क्या देख रही हो? खाओगी क्या? आज तो खूब होश में हो, क्यों?" फिर उसने व्यंग्यात्मक हँसी से उसे छेदकर एक रोटी ऐसे थमाई, जैसे दीन-भिक्षुक की झोली में बड़ी अनिच्छा से अपने मुख का ग्रास डाल रही हो, किन्तु चन्दन की क्षुधा के विकराल सर्वभक्षी रूप के सम्मुख आत्मसम्मान किसी कायर मित्र की ही भाँति दुबककर अदृश्य हो गया था। उसने लपककर रोटी थाम ली।

"लगता है, चटोरी चरन ने तुम्हें कुछ नहीं खिलाया।" वह कहने लगीं, "अपने को तो जब देखो तब, कुछ-न-कुछ चरती रहती है, यहाँ पेट नहीं भरा तो भागती है उस गोपलिया की दुकान पर।"

सब रोटियाँ खाकर, माया ने रूमाल हिला-हिलाकर रोटियों का चूरा हथेली पर रखा और फाँक गई, फिर विलम्बित लय में दो प्रभावशाली डकार लेकर चरन को पुकारा।

"ऐ चरन, चल इधर, एक पल बैठ नहीं सकती क्या? जब देखो तब चौके में। अब क्या फाँक रही है वहाँ?"

चरन उसी अबाध्य मुद्रा में मुँह फुलाए खड़ी हो गई। "सुन!" माया दीदी खड़ी हुईं कि उनका आश्चर्यजनक रूप से लम्बा मर्दाना कद और गढ़न देखकर चन्दन अवाक् रह गई। रात के गहन अन्धकार में बेहोशी की अटपटी चेतना में जो वैष्णवी उसे महाकुत्सित लगी थी—वह क्या यही थी? क्या दिन के उजाले ने उस पर सहसा जादू की डंडी फेर दी थी? शान्त स्निग्ध दृष्टि, साँवला होने पर भी सलोना चेहरा, जैसे ताँबे का खूब घिसा-मँजा लाल-लाल चमकता किसी मन्दिर का कलश हो। उठे कपोलों पर निरन्तर चबाए जा रहे बँगला पान की नशीली रक्तिम आभा, नुकीली ठोड़ी पर तीन-तीन बुँदकियों में खुदा गोदना और माथे पर उससे मेल खाती एक नीलाभ लम्बोतरी बिन्दी, जो प्रशस्त चमकते ललाट को समान भाग में विभक्त करती माँग को स्पर्श कर रही थी। उसी के नीचे रक्त-चन्दन का टीका। शरीर भरा-भरा था, जो वयस के वार्धक्य से शिथिल होकर कहीं-कहीं सामान्य परतों में झूलने भी लगा था, किन्तु चेहरे की दीप्ति ने जैसे बढ़ती वयस की स्पष्ट पदचाप सुनकर भी अनसुनी कर दी थी। आँखों में काजल की मोटी रेखा। मोटी गठनवाले विलासी अधरों से उठता खुशबूदार जर्दे का भभका। रुद्राक्ष के बीच-बीच गूँथे एक रंगीन मनकों के दाने। परिपाटी से सँवारा गया जटाजूट का जूड़ा और उसमें लगा धतूरे का पुष्प। सब मानो उसके विराग के रेगिस्तान में यत्न से बनाए गए नखलिस्तान थे। वह चेहरा यौवनकाल में निश्चय ही किसी भी प्रणयी पुरुष को रिझा लेता होगा। चेहरे में सबसे बड़ा आकर्षण था लाल डोरीदार रसीली आँखों का! एक बार उन आँखों से आँखें चार होने पर कोई भी सहज ही आँखें फेर नहीं सकता था।

"खबरदार!" चरन ने चन्दन को बाद में सावधान भी कर दिया, "कभी भी माया दीदी की आँखों की ओर देखकर किसी चीज के लिए हाँ मत

कहना। वह तो सिद्धयोगिनी है, आँखों ही के भाले से सबको छेदकर रख सकती है।''

सचमुच ऐसा ही व्यक्तित्व था माया का। जैसे चौंसठ योगनियों के मन्दिरों की आत्मा ही स्वयं साकार होकर उस अरण्य से अवतरित हो गई थीं। तान्त्रिकों की शक्ति हो, विद्या-अविद्या, ज्ञान-अज्ञान, योग एवं भोग को मुट्ठी में बन्द कर पल-पल में अपनी यौगिक बाजीगरी से चन्दन को छलने लगी। कभी उन सरल आँखों में वात्सल्य छलक उठता, कभी छलकने लगती असीम करुणा, पर दूसरे ही पल वही स्निग्ध चेहरा कठोर बन उठता। चरन की ओर वह शित्रूल तानकर डाकिनी, शाकिनी का रूप धारण कर खड़ी हो उठती। आँखों से ऐसे अग्निबाण छूटते कि लगता अभागी चरन भस्म हो जाएगी। उसी क्रोध की लपटों पर पानी उँड़ेल देती थी अवधूत स्वामी की आकस्मिक उपस्थिति। जादू की छड़ी फेरकर वह उसे किशोरी बना देता तो चन्दन को अपनी आँखों पर विश्वास ही नहीं होता। वह क्या स्वप्न देख रही होगी? कहाँ गई वह क्रोध की लपटों से वीभत्स बनी झुलसी प्रौढ़ा? यही तो था योगिनी का सच्चा रूप। कभी सुर-सुन्दरी नायिका और कभी पार्वती मातृ-स्वरूपा गौरी। यही तो है सिद्धयोगिनी की तान्त्रिक विजय। नंगे अवधूत की सच्ची सहचरी, महामाया, महाविद्या, धूनी-धूम्र से अवरुद्ध अवसन्न मुसकान। न वह ज्ञान की उपासिका थी, न वेद की। संसार की माया उस योगिनी के लिए मृग-मरीचिका थी, कल्प-विकल्प के जाल में वह उलझती ही कब थी! आकाश गगन, सिद्धकुल कन्यासाधना, कुंडलिनी-जागरण, षटचक्र, काया-साधन, सबके बाघ मारकर अब वह बाघम्बर पर बैठ चुकी थी, किन्तु जीवन का सबसे बड़ा दुःख तो छाती पर शिला बनकर रात-दिन उसे धरातल में धँसा रहा था। गुरु थे सिद्धामृत मार्ग के अनुयायी। तृषाक्रान्ता सिद्धयोगिनी अमृत-वारुणी के स्वर्ग-कलश को दूर से ही निहार सकती थी, निकट आकर स्पर्श कर भी लेती तो स्वामी के तेज से भस्मीभूत हो जाती—यह चन्दन बहुत दिनों बाद जान पाई।

चरन को ताजी चिलम लाने का आदेश देकर माया दीदी दीवार का सहारा लेकर बैठ गई, ''वाह, खासा चेहरा पाया है तुमने।'' वह बोली, ''पर देखो, बात साफ कहनी ही हमें पसन्द है। यह है अघोरी गुरु का आश्रम! दस तरह के औघड़ अवधूत जुटते रहते हैं। ऐसी दहकती आँच में भला हम घी रख

सकती हैं!'' फिर माया दीदी की अर्धोन्मीलित दृष्टि, एक क्षीण रेखा में खो गई।

''यहाँ, हम ऐसी रूपवती भैरवी को भला कैसे रख पाएँगी? इस अभागी चरन को ही दूसरे अखाड़े में भेजने का प्रबन्ध कर रही थी, दूसरी मुसीबत तुम आ गईं।'' उसका स्वर अचानक एक रुष्ट झंकार से झंकृत हो उठा। पल-भर चुप रहकर, वह फिर से जर्दे का पीक गुलगुलाती कहने लगी, ''हम दोनों प्रानी दिन-रात तंत्र-मंत्र की सिद्धियों में मसान में भटकते हैं।'' मसान का उल्लेख करते ही उस कपालकुंडला का पूरा चेहरा बदल गया। रुक्ष स्वर अत्यन्त मधुर बनता कोमल गन्धार को छूने लगा।

''चलने-फिरने लगोगी तो तुम्हें अपनी गुरु-बहन के अखाड़े में पहुँचा दूँगी। कहीं चिट्ठी-पत्री या तार भेजकर किसी को बुलाना चाहो तो वैसा प्रबन्ध भी हो जाएगा।''

पर किसे बुलाएगी वह–किसे?

वह तो सोच रही थी, इस सँकरी सुरंग-सी वैराग्य गुहा में, एक बार उसने एक नया जन्म ले लिया था। आत्मीय स्वजनों से दूर वह एक नये जीवन का सूत्र पकड़कर वैराग्य-सोपान पर कदम रखती निर्भय बढ़ती चली जाएगी। पर माया दीदी का आदेश स्पष्ट था। वह इस गुहा में प्रवेश पाकर भी स्थायी रूप से नहीं रह पाएगी। जो जननी, उसकी विदा के दिन रोती-कलपती, पछाड़ें खाती, उसकी डोली के पीछे, दूर तक भागती चली आई थी, वह क्या उसे अब जीवित पाकर भी छाती से लगा पाएगी? और फिर क्या माँ की ही भाँति, उमड़ते यौवन की वेगवती धारा को, संयम के बाँध से बाँधती, समाज से मोर्चा ले पाएगी? क्रमशः अंधकार में डूबती, उस एकान्त निर्जन कालकोठरी में, एक साथ तीन-चार दानवों की प्रेताकृतियाँ उसके इर्द-गिर्द घूमने लगीं। विषाक्त चुम्बनों की स्मृति रेतीले बिच्छुओं के-से डंक-सी, उसके सर्वांग की शिराओं को झनझना गई। अपने जीवन का यह अभिशप्त परिच्छेद खोलकर वह न अपने पितृकुल की महिमा धूमिल कर सकती थी, न श्वसुरकुल की। चाहे अघोरी अखाड़ा हो या वल्लभी, अनजाने अनचाहे कंठ में पड़ गई रुद्राक्ष की माला ही, अब उसका मंगल-सूत्र थी और गुरु के हाथ की लगी चिताभस्म की भभूत ही उसके सीमान्त की सिन्दूर रेखा।

माया दीदी बड़ी देर तक नहीं लौटीं, साथ में चरन को भी लेती गई

थीं। चन्दन अब इस एकान्त की अभ्यस्त हो गई थी। दिवस का अवसान आसन्नप्राय था, पर अब तक दोनों नहीं लौटी थीं। अन्धकार गुहा को प्रायः निगल चुका था, पर बीच-बीच में निरन्तर जल रही धूनी के बीच स्वयं सुलगती-बुझती लुकाटी के धुएँ की एकाध कड़वी घूँट, उसके कंठ-तले उतर जाती और वह अजीब घुटन से भर जाती। बल्लियों से झूल रही गैरिक पोटलियों का चन्दोबा लम्बी झालरों की भाँति हवा में मंडलाकर फहरा रहा था। खिड़की से आती, महुवा की मादक सुगन्ध और दूर के मन्दिर से उसी हवा की सुगन्ध के साथ तैरती आ रही घंटियों की रुनुकझुनुक में वह अपनी समग्र चिन्ता भूल गई। यही तो सुख है इस अनजाने वैराग्य के तहखाने में डूबने का। यहाँ कभी कोई नहीं जान पाएगा, वह कौन है? वह विवाहित है या कुमारी? वह रेलगाड़ी से क्यों कूद गई—कौन-सी ऐसी विपत्ति पड़ी थी उस पर? जैसा ही विचित्र परिवेश है यहाँ का, वैसे ही जिज्ञासाविहीन, कुतूहल-शून्य संगी-साथी। चुलबुली चरन ने एक बार भी अपना धृष्ट प्रश्न फिर नहीं दुहराया—और माया दीदी? मायाविनी! अखंड सच्चिदानन्द की विचित्र उपासिका! वह क्या लेशमात्र भावुकता को भी सह सकती थी? उसके लिए भावावेश का स्थान ही कहाँ था? वह कुछ भी जानना नहीं चाहती थी, शायद इसलिए कि वह स्वयं ही बिना किसी के कुछ बतलाए, अपनी दिव्य प्राण-शक्ति से सबकुछ सूँघ सकती थी। यही नहीं—अपनी सन्धानी दृष्टि की हथकड़ियों में बाँधकर यह वर्षों के फरार खूनी से भी, उसका अपराध स्वीकार करा सकती थी।

"अनजाने में किया गया पाप, पाप नहीं है, भैरवी!" उसने एक बार दिवा-स्वप्न में डूबी चन्दन से कहा तो वह ऐसे चौंक पड़ी, जैसे गर्म लोहे से दाग दी गई हो।

कैसी अद्‍भुत दृष्टि से माया दीदी ने उसकी तस्वीर उतारकर सामने रख दी थी, "तुमने क्या जान-बूझकर पाप किया था, जो कूद गईं? मूरख हो तुम, भैरवी! ऐसा चेहरा देखकर कोई पत्थरदिल मरद भी तुम्हारे सात खून माफ कर देता—फिर वह तो तुम्हारा रूप-पिपासु पति था। तुम्हें हथेली पर बिठाकर रखता। खैर...अब तो गुरु ने चिताभस्मी टेक दी है, अब इस ललाट पर सिन्दूर का टीका कभी नहीं लगेगा।" एक लम्बी साँस खींचकर, माया दीदी चली गईं। गला न जाने क्यों अवरुद्ध-सा हो गया था।

सुना कि उसकी अचेतनावस्था में ही, गुरु उसके हिमशीतल ललाट पर

चिताभस्म का टीका लगा गए थे। शिवमन्दिर में प्रतिष्ठित रुद्राक्ष की माला उसे अपने हाथों से पहनाकर, बड़ी देर तक उसे टुकुर-टुकुर देखते भी रहे थे।

" 'दीक्षा के बाद नाम क्या धरा, गोसाईं?' माया दीदी ने पूछा था–'भैरवी', गुरु ने कहा और माया दीदी का चेहरा एकदम बैंगनी पड़ गया। खूब मजा आया हमको।" चरन ने ही सब उससे कहा था।

"क्यों?"

"लो, पूछती हो क्यों? क्या अपना चेहरा कभी आईने में नहीं देखा? गोसाईं ने तुम्हें अपने हाथ से कंठी पहनाई–नाम दिया–भैरवी, फिर टुकर-टुकर देखते रहे, इसी से माया दीदी जल-भुन गईं। अभी भी नहीं समझीं?" इस बार वह खिलखिलाकर हँस पड़ी थी। "नहीं तो चालीस बरस की उमर में घर-दुआर, भरी-पूरी गिरस्ती, तीन-तीन बेटों, और मालिक को छोड़कर, इनके पीछे मसान घाट की धूल छानती?

"कभी-कभी रात-रात-भर गुरु के पीछे मसान घाट में घूमती रहती है। कभी शिवमन्दिर में कुंडलिनी जगाकर, भूखी-प्यासी पत्थर की मूरत बनी ऐसे बैठी रहती है, जैसे परान ही निकल गए हों। बीच-बीच में चिलम भरकर मुझे वहीं पहुँचानी होती है। दोनों के हाथों में चिलमें थमाती हूँ तो लगता है, अर्थी में बँधे दो मुर्दे ही खुलकर आमने-सामने बैठ गए हों। चिलम के अंगारों-सी ही लाल-लाल आँखें और तमतमाता चेहरा। कैसी बदल जाती है माया दीदी! मेरी तो देह ही थरथरा जाती है। घर लौटकर द्वार बन्द कर काँपती बैठी रहती हूँ। कभी-कभी दोनों तीसरे-चौथे दिन इस लोक में लौटते हैं।"

"यहाँ इतना डरती हो तो भाग क्यों नहीं जातीं?" एक दिन चन्दन ने उससे पूछा और वह चोट खाई सर्पिणी-सी ही उसकी ओर पलटी और स्थिर दृष्टि से चन्दन उसे देखने लगी थी, "जब तुम चलने-फिरने लगोगी तब यही प्रश्न मैं एक दिन तुमसे पूछूँगी, भैरवी–देखूँ, तुम क्या कहती हो?"–और सचमुच ही महीने-भर बाद जब चरन ने उससे एक दिन यही प्रश्न पूछा तो वह कोई उत्तर नहीं दे पाई।

अघोरी आश्रम में आए उसे दो महीने हो गए थे। उस दूसरे अखाड़े में भेजने की धमकी को शायद माया दीदी स्वयं ही भूल गई थीं। रात को माया दीदी उसे अपने ही साथ सुलाती थीं, चरन भी उनके पायताने सोती

थी। कभी-कभी आँखें खुलतीं तो देखती, दोनों बिस्तरे से नदारद हैं। पहले दिन तो भय के मारे, उसका बोल भी नहीं फूटा था। उस अनजान खंदक-खाई में छिपा कोई शत्रु ही अचानक उसे दबोच बैठा, तो वह कर ही क्या लेगी? एक बार सौभाग्य-कल्पतरु विद्युत-वह्नि के आकस्मिक वज्रपात में जड़ तक झुलसकर ठूँठ मात्र रह गया था, इसी से अब सामान्य मेघखंडों के बीच चमकती बिजली की तड़प भी उसे थरथर कँपा देती।

कहाँ गई होंगी दोनों? कहीं जान-बूझकर ही तो उसे नहीं छोड़ गईं? क्या पता, उस नंगे अवधूत से ही कोई साँठ-गाँठ हो? 'तुम्हें एकटक देख रहे थे गोसाईं!' चरन ने कहा तो वह लज्जा से लाल पड़ गई थी। छिः-छिः, उन्होंने उसे अपने हाथों से रुद्राक्ष की कंठी पहनाई थी, केवल नौ हाथ की भगवा धोती में लिपटी उसकी अरक्षित देह और उस पर-पुरुष का स्पर्श अकेले में, यह सब सोचकर उसका मन न जाने कैसा-कैसा हो जाता। कभी-कभी सारी रात ही आशंका में कट जाती। दिन निकलने से कुछ पहले दोनों लौटतीं, चरन आकर चुपचाप अपनी खटिया पर लेट जाती, पर माया दीदी बड़ी देर तक खटिया पर बैठी एकटक न जाने खुली खिड़की से किसे देखती रहतीं। उनका चेहरा एकदम किसी कुशल बहुरूपिए के चेहरे-सा रंग बदलने लगता। धूप में तपे ताम्रपात्र-सा दमकता चेहरा, कपाल पर चढ़ी आँखें, ऊँची जटा पर लगा धतूरे का पुष्प और क्षितिज में खोई हुई परलोक की दृष्टि!

'की हे माया दी, आनबी को।'

चरन उनसे बंगला में ही बोलती। वैसे भी माया दीदी की हिन्दी में बंगला ही का पुट रहता। बिहार के छपरा जिला की लड़की थी, पर पहले गुरु का अखाड़ा था जिला बर्दमान में। वीरभूमि के मीठे लहजे में ही कभी-कभी चन्दन को पुकारती थी 'लतून भैरवी' (नूतन भैरवी) कहकर। 'हूँ?' माया दीदी के प्रश्न का हुंकारा ऐसी भयावह हुमक से गुहा में गूँजता कि कोने में लेटी चन्दन की छाती से लेकर पेट तक, भय से असंख्य डमरू डम-डम कर बजने लगते।

'पगला गई है क्या? ऐसी आँखें क्या साधारण मानवी की होती हैं?' और उस दिन फिर चन्दन की पाँचों अँगुलियाँ घी में रहतीं। दिन-भर एक के बाद एक कई चिलमों पर दम लगाती माया दी, इस लोक से बहुत ऊपर उठती सीधे ब्रह्मांड में पहुँच जातीं।

उस दिन भी यही हुआ, रात-भर की साधना माया दी की लाल-लाल आँखों में उतर आई थी। जूड़ा शिथिल होकर चौड़े कन्धों पर झूल रहा था। गुरु की धूनी निरन्तर धधक रही थी, किन्तु गुरु थे ही कहाँ? पिछले तीन दिनों से वह अपने लाड़ले को दुलारने भी नहीं आए थे। चरन लाख जबान चलाने पर भी माया दीदी की स्वाभाविक अवस्था रहने पर एक गस्सा रोटी का भी बिना पूछे नहीं निगलती थी। लेकिन उन्हें इस ध्यानावस्था में देखकर वह ठाठ से सिल पर लहसुन की चटनी पीस रोटियों के थक्के का थक्का साफ कर गई। चन्दन के लिए भी चटपटी चटनी से सजाकर रोटियों का एक थक्का ले आई।

माया दी बाल-सुलभ हँसी से दीप्त अपनी उज्ज्वल दृष्टि पीपल के पेड़ पर टिकाए, चुपचाप बैठी थीं। चरन उनकी इसी ध्यानावस्था का मनमाना लाभ उठा रही थी। उनके ही सामने, उसने पहले उनके 'लक्ष्मी विलास' सुगन्धित केश-तेल से छपाक्-छपाक् अपने रूखे बालों को रससिक्त किया, फिर उनकी गेरुआ पोटली से छालियों और सुगन्धित ताम्बूल मुखरंजन मसाले की गहरी चुटकी भरकर निकाली। चाँदी की काजल की डिबिया से काजल निकाल अपनी बड़ी-बड़ी आँखों को आँजा, काले ललाट की महिमा को एक बड़ी-सी काजल की बिन्दी लगाकर और भी गहन बना हँसती-हँसती चन्दन के पास आकर बैठ गई।

"ऐसा क्यों कर रही हो, चरन? माया दी सब देख जो रही हैं!"

"तो क्या हो गया, तुम क्या समझती हो, वह इस लोक में हैं? संध्या छह-सात बजे तक ऐसी ही रहेंगी। बड़ा मजा है—चलो, क्यों न आज तुम्हें मन्दिर दिखा लाऊँ? माया दी आज घर का पहरा देंगी, हैं न माया दी।"

और वह धृष्टा सचमुच ही उनके सम्मुख घुटने टेककर पूछने लगी थी। उत्तर में माया दी का साँवला चेहरा, अनुपम हँसी से उद्भासित हो उठा।

द्वार बन्द कर वह उसे बाहर खींच ले गई। कितनी मोड़-मरोड़वाली पतली पगडंडियों के गड़बड़झाले के भूल-भुलैया की-सी परतों के बीच, चरन उसे मजबूत डोरी से बाँधकर खींचने लगी। आमलकी के गहन वन, हरीतकी की हरीतिमा, कहीं-कहीं अरण्यपाल से खड़े नारियल के रौबदार वृक्ष, और कहीं वेणुवनों के झुरझुट से बहती, खोखले बाँस के रन्ध्र को भेदती वंशी की-सी मीठी मुखरा बयार। गहन अरण्य का जो थान, चन्दन की विस्फारित मुग्ध दृष्टि के सम्मुख स्वयं खुलता चला जा रहा था, उसे छापने, रँगने और

सँवारने में प्रकृति ने क्या कुछ कम परिश्रम किया था? जवापुष्पों के रक्तिम वैभव से लदे-फदे ठिगने कतारबद्ध पेड़ों की पंक्ति, शेष होते ही स्वयं प्रकृति के दक्ष हाथों से सजे, मालती लता के कई गुलदस्ते, एक टूटी-सी मजार के सम्मुख एकसाथ बिखर गए थे। मजार पर जलती हुई लोबान का सुगन्धित धुआँ उस अरण्य के ओर-छोर सुवासित कर रहा था। बड़े भक्तिभाव से, चरन ने आँचल से मजार पर बिखरे सूखे पत्ते झाड़े, फिर दोनों घुटने टेककर, प्रणाम करती उठ गई।

"चाँद बाबा की मजार है यह। हर शुक्रवार को दूर-दूर से लोग आकर यहाँ मन्नत के डोरे बाँध जाते हैं। कहते हैं : यहाँ की बँधी डोरी कभी झूठी नहीं होती।"

सचमुच ही मजार के जालीदार पायों पर, असंख्य रंग-उड़ी नई-पुरानी डोरियाँ बँधी थीं।

"वह पीली जरीदार डोरी देख रही हो न? वह हमारी माया दी की है।" चरन कहने लगी, "एक दिन मैं छिप-छिपकर देख रही थी। वह खूब लोट-लोटकर रोती रही थीं यहाँ। मैं जानती हूँ, क्या माँग रही थीं लोट-लोटकर।" वह दुष्टता से मुस्कुराने लगी, "डोरी बाँधने से क्या होता है? गोसाईं तो कभी आँख उठाकर नहीं देख सकते, वह दूसरी लाल डोरी हमने जो बाँध दी है।"

मजार के पास खड़ी चन्दन के नाक-मुँह में लोबान का तेज खुशबूदार धुआँ, महराबों से छनकर घुसा, उसका माथा घूम गया। क्या सचमुच ही उस निर्विकार अवधूत के प्रेम में विह्वला, इन दो सौतों के बीच उसे अपना जीवन गुजारना होगा? "चलो, अभी तो मन्दिर बहुत दूर है, पता नहीं गोपाल खैपा (पगला) भी कहीं हाट-बाजार न गया हो, तब तो चाय का एक प्याला भी नहीं जुटेगा, क्यों?"

चन्दन को भी बड़ी जोर की प्यास लग आई थी—वैसे भी वह तुलसीदास की सात्विक चाय पीकर ऊबने लगी थी।

"वह क्या मन्दिर का पुजारी है?" उसने फिर पूछा।

"नहीं जी।" हँसकर चरन ने चाल तेज कर दी कि चन्दन हाँफती-हाँफती उसके पीछे भागने लगी।

"उस मन्दिर का कोई पुजारी-वुजारी नहीं है। वह तो श्मशान का चांडाल है। वहीं पर चाय-पानी की छोटी-सी दुकान भी करता है। खासी बिक्री हो

जाती है। पर मूरख धेले-पैसे का हिसाब रखना नहीं जानता। और कोई होता तो हजारों की माया जुटा ली होती। मैंने तो कई बार कहा, 'अरे मिठाई-विठाई, केक-बिस्कुट भी रख लिया कर न दुकान पर। न हो तो खूब प्याज-मिर्च डालकर पकौड़ियाँ ही एक थाल सजा लिया कर। मुर्दा फूँक-फाँककर, थके-मादे हारे जुआरी दो घड़ी चटपटी चीजें खाकर, सुस्ता ही लेंगे।' पर अभागे के दिमाग में तो निरा गोबर भरा है। बोला, 'सूतक में भला कोई प्याज खाएगा! कैसी बातें कर रही है तू?' अब कौन समझाए उसे? अरे, इसी मसान में सगे छोटे भाई को फूँककर, पीपल-तले बैठे एक बड़े भाई को बोतल खोलते भी देख चुकी हूँ। हँसी-मजाक सबकुछ चलता है यहाँ। चिता पर चढ़नेवाली की हड्डियों के अंगार बनने से पहले ही, एक बार पास में खड़े उसके पति से किसी को यह कहते भी सुन चुकी हूँ—'क्यों इतना दुःख ले रहे हो भाई—तुम्हारी अभी उम्र ही क्या है। मेरी एक विवाह-योग्य भानजी है, देखने में साक्षात लक्ष्मी!' जी में आया, ससुरे भानजी के मामा को, उसी जलती चिता में धकेल दूँ। अरे अभागी को पूरी तरह जलने तो दे, हरामी! कौन कहता है, मसान में बैराग उपजता है?"

"तुम क्या अकसर यहाँ आती रहती हो?" अवाक् होकर चन्दन ने पूछा तो वह हँसने लगी।

"हाँ, जी हाँ, मैं ही नहीं अब तुम भी यहाँ अकसर आया करोगी। जब गोसाईं यहाँ साधना के लिए आते हैं, कई बार चिलम पहुँचानी होती है, फिर माया दी बार-बार कह देती हैं, 'देख चरन, वहीं बनी रहना, किशोरी साधिका हैं, गुरु की साधना का फूल। तू वहीं बनी रहेगी तो साधना पूर्ण होगी गुरु की।' गुरु तो बैठे रहते हैं, जैसे पत्थर की मूरत। उन्हें चिलम थमाकर, इसी पीपल की ओट ये यह नाटक देखती हूँ। कभी-कभी खेपा देख लेता है तो यहीं चाय पहुँचाता है। दिमाग का कोठा तो खाली है अभागे का, पर दिल का पूरा सिकन्दर है। एक शीशी में इलायची, दालचीनी, सोंठ, न जाने क्या-क्या कूटकर रखता है। कहता है, पेशल चाय बनाता हूँ तेरे लिए। वैसे है हरामी, एक नम्बर का मजाकिया, होटल का नाम धरा है—'श्मशान-विहार'।"

थककर चन्दन बुरी तरह हाँफने लगी थी।

"बस, इतने ही में थक गईं!" चरन ने आँचल से एक बड़ा-सा पत्थर पोंछकर उसे बिठा दिया और स्वयं भी उसके पैरों के पास बैठ गई।

"मैं तो कभी उसे ग्राहकों के सामने ही खूब चिढ़ा देती हूँ। चाय एकदम ठंडी है, रे खैपा! लगता है, आज किसी बुझी चिता के अंगारों पर ही केटली धरकर उबाल लाया है। झट हँसकर दूसरा प्याला बना लाता है। मजाल जो कभी मेरी बातों का बुरा माने। अकेले, माया दी को फूटी आँखों नहीं देख सकता। कहता है, 'जिस दिन तेरी माया दीदी चिता पर चढ़ने आएगी, उस दिन सब ग्राहकों को एकदम फिरी पेशल चाय पिलाऊँगा' लो यह आ गई उसकी दुकान। चलो, अच्छा हुआ, खुली ही मिल गई।"

"ओहे खैपा, कोथाय गैली रे।"

(अरे पगले, कहाँ गया रे?)

दुकान के पास ही लगे, नारियल के सतर वृक्ष की डालियाँ हिलीं, और साँप-सा सुरसुराता, नारियल की-सी कठोर देह का खैपा हँसता हुआ उनके सम्मुख खड़ा हो गया। पहले उसने चरन को देखा फिर चन्दन को। धीरे-धीरे महाकुत्सित चेचक के दागों से भरे चेहरे पर आश्चर्य, आनन्द और जिज्ञासा की असंख्य झुर्रियाँ उभर आईं।

चन्दन सिहर उठी।

सामने फैला, मरघट का सपाट मैदान, क्षीण से क्षीणतर होती नदी की मरियल धारा, और फटे टाट के चन्दोबे के नीचे खड़ा मसान का वह विकराल चांडाल! "वाह, वाह! आज तो एकदम बढ़िया दुशाला पा गया है रे! किस भागवन्ती ने चिता चढ़कर यह चूनर थमा दी तुझे। मुझे दे देना रे, वटतला के मेले में, उस छिनाल से छिपाकर ओढ़ लूँगी तो नई दुल्हन-सी लगूँगी, देख तो, लग रही हूँ न दुल्हन?"

सचमुच ही चिता पर सद्य-दग्ध देह से विलग की गई चूनर ओढ़ वह दुकान में लगे टूटे दर्पण के सम्मुख खड़ी हो गई और झुक-झुककर अपना चेहरा देखने लगी, "अरे, क्या करती है?" गोपाल ने घबराकर उसे अपनी ओट में छिपा लिया, "देखती नहीं, अभी तो इसे पहननेवाली की आधी देह भी नहीं फुँकी। वे लोग देखेंगे तो क्या कहेंगे?"

पर वह धृष्टा, दुःसाहसी किशोरी चूनर को मफलर-सा लपेटती, लोहे की टूटी कुरसी पर बैठ गई।

"अरे देखने दे, अभी उनके लौटने में देर है, फिर सबकी पीठ है हमारी ओर, चेहरे नहीं। हाय-हाय, एकदम गोरी उजली है यह तो, किसके घर की मिट्टी है रे? पैर तो देखो, भैरवी!"

चन्दन ने अपने जीवन में पहली बार जलती चिता की ओर अनभ्यस्त भयचकित दृष्टि फेरी।

दो सफेद आलता लगे पैर छोटी-सी चिता का घेरा तोड़-फोड़कर ऐसे बाहर लटक आए थे, जैसे गौर-चरणयुगल की स्वामिनी, अभी-अभी लपटों की झुलस से व्याकुल होकर चिता से नीचे कूद पड़ेगी।

"नन्द बाबू की बिटियाँ है।" गोपाल कहने लगा, "अभी पिछले फागुन ही में तो विवाह हुआ था। याद नहीं है तुझे, इसी की शादी के तो सन्देश खिलाए थे। जापे के लिए मायके आई थी। तीन दिन छटपटाकर आज सुबह मर गई।"

चरन ने हड़बड़ाकर चूनर उतार दूर पटक दी। जिसके ब्याह के सन्देश का मीठा स्वाद अभी भी जिह्वा पर था, उसी के महाप्रस्थान की राही चूनर लेकर भला हास-परिहास कैसे कर गई वह!

चन्दन काठ बनी चुपचाप खड़ी रह गई। जलती चिता से आँखें फेर ही नहीं पाई। अग्नि की लपटें, गौर-चरणयुगल को लीलने बढ़ीं और उसने दोनों हाथों में मुँह छिपा लिया।

कभी अपनी माँ से सुना, एक ऐसा ही प्रसंग उसे स्मरण हो आया। पहाड़ के उप्रेती कुल के नाम की महिमा की दन्तकथा। न जाने कब किस बालिका-वधू की अजन्मा सन्तान, ऐसे ही उसके प्राण ले बैठी थी। पेट चीरकर श्मशान में शिशु निकला था—जीवित। उसी का नाम पड़ा उप्रेती। पता नहीं, घटना में सत्य का अंश भी था या कोरी कपोलकल्पना; किन्तु क्या इस गोरे-गोरे सफेद पैरों की स्वामिनी को भी, अजन्मा गर्भस्थ शिशु को देखने की ललक लिए ही चिता पर चढ़ना पड़ा? चिता को घेरकर खड़े आत्मीय स्वजन, कुछ पीछे खिसक आए थे।

क्या तो, उसका पिता, जिसने एक साल पहले अग्नि को साक्षी कर, प्राणाधिका कन्या का कन्यादान किया था, आज फिर उसी विश्वासघाती अग्नि को साक्षी कर, एक बार फिर कन्यादान करने, इसी भीड़ में सिर झुकाए विवश खड़ा है!

"ऐ खैपा!" चरन के तीखे स्वर को सुनकर चन्दन चौंकी तो देखा, काले भूत-सा खैपा, एकटक उसी को देख रहा है। चरन की पुकार सुन, वह अप्रतिम होकर केटली के नीचे की आग उकसाने लगा। "कैसे देख रहा है मरा तुम्हें! लगता है, सुन्दरी नई भैरवी देखकर पुरानी की माया भूल रहा

है। क्यों, है न रे? अच्छा सुन, हम मंदिर होकर लौटेंगी तब तक बढ़िया पेशल दो प्याला चाय तैयार रखना। और अगर तेरी बिरादरी विदा नहीं हुई, भगवान न करे, कोई दूसरी बारात न जुटी तो पिछवाड़े, हमारी चाय भिजवा देना।''

वह चन्दन को खींचकर एक ढालू-सी पगडंडी में उतर गई।

कैसा आश्चर्य था कि वही चन्दन, जो कभी सड़क पर निकलती अर्थी की रामनामी सुनकर माँ से चिपट जाती थी, रात-भर भय से थरथराती रहती थी, आज महाश्मशान के बीचोंबीच जा रही सड़क पर निःशंक चली जा रही थी। कहीं पर बुझी चिताओं के घेरे से उसकी भगवा धोती छू जाती, कभी बुझ रही चिता का दुर्गंधमय धुआँ हवा के किसी झोंके के साथ नाक-मुँह में घुस जाता। ऐसी दुर्गंध, जो कभी उसकी पड़ोसिन के भोटिया चौके से आकर उसकी माँ के सात्विकी नथुनों को क्रोध से फड़का देती थी।

'आग लगे इस अघोर लम्याणी को, लगता है आज फिर भेड़ भून रही है, दामाद आ गया होगा।' अम्मा कहती और खिड़की पटापट मूँदती, उबकाइयाँ लेने लगती।

प्रतिवेशिनी तिब्बती मौसी की चार बेटियाँ थीं और चारों दामाद भेड़ों पर बसाते ऊन की लच्छियाँ, बदबूदार मोटे थुम्भे लादकर व्यापार को निकलते और सास के यहाँ अकसर पड़ाव करते रहते। उन्हीं जामाता प्रवर के स्वागत में, पाँगती मौसी, पशम-सहित भेड़ भूनकर पूरा मुहल्ला बसा देती। पर आज चन्दन को वही परिचित दुर्गन्ध मायके की सुध दिला गई। वह पल-भर ठिठककर खड़ी हो गई। और चरन ने फिर झकझोर दिया, ''ऐ जी, चलो जल्दी, वह रहा मंदिर।'' श्मशान की क्षीण नदी की धारा अचानक ही युवती बन गई, किसी किशोरी की देह की ही भाँति यहाँ मंदिर के पास आकर सहसा गदरा गई थी।

''साड़ी घुटनों तक समेट लो और मेरा हाथ कसकर पकड़ लो, समझी? पत्थरों पर पाँव मत रखना, एकदम चिकने हैं, फिसलोगी तो फिर महीना भर खाट पर पड़ी रहोगी।'' मन्दिर तक ही नदी की लक्ष्मण रेखा-सी खिंच गई थी, और पानी भी तो गहरा था। शीतल जल की दुःसाहसी लहरें, उसे क्रमशः नीचे की ओर खींचने लगीं, और वह घबराकर अपना सन्तुलन खो बैठी।

लपककर, उसे किसी ने थाम लिया, मुड़कर देखा तो भय से आँखें मूँद

लीं। आजानुबाहुद्वय ने उसे थामकर सीधी खड़ी कर दिया और इससे पूर्व कि वह दोनों तटस्थ होतीं—उसे सम्हालनेवाला एक ऊँची छलाँग से, वनशावक-सा, झरबेरी की कंटकाकीर्ण झाड़ी की बाढ़ को लाँघ चुका था। किसी को कुछ न समझनेवाली चरन भी, पल-भर को हक्की-बक्की सी रह गई, फिर हँसकर चन्दन को गहरे पानी के बीच खींच ले गई।

"डर क्यों गईं? इनका तो यही हाल रहा है, न जाने कब कहाँ से सर्र साँप की तरह रेंगते चले आएँ। ठीक ही तो कहते हैं कि साँप और संन्यासी का घर क्या एक जगह होता है। लगता है, हमारे पीछे-पीछे चले आ रहे थे, मखमली पंजे हैं इनके। एक दिन ऐसे ही मुझे चौंका दिया।"

चन्दन अभी भी उन दो लम्बी बाँहों के स्पर्श को नहीं भुला पा रही थी। कैसी उत्तप्त बाँहें थीं दोनों, जैसे धूनी में तपाए चिमटे की दो फालें हों! क्या ज्वार में ही बाहर निकल पड़ा होगा वह अवधूत? चरन ने जैसे उनके मन की भाषा पढ़ ली, बड़ी-बड़ी आँखोंवाली इस चपल किशोरी को भी, क्या स्वामी की सिद्धि का वरदान मिल गया था।

"क्यों जी भैरवी, क्या सोच रही हो? हाथ खूब गरम-गरम लगे होंगे न गोसाईं के? अरे, पहले दिन चिलम थमाने में कुहनी से छू गई तो फफोला ही पड़ गया समझो। बाप रे बाप! बाँहें थीं कि चूल्हे में लगी लकड़ी का अंगारा। चाहो तो रोटी सेंक लो।"

फिर वह एक दीर्घ श्वास खींचकर एक स्वगत भाषण में डूब-सी गई, जैसे वह अकेली ही चली जा रही हो, "वह क्या हमारी-तुम्हारी तरह साधारण मानुस हैं—एक धूनी बाहर जलती है तो एक उसके भीतर। वैसी ही तप उठती हैं कभी-कभी माया दीदी! एक दिन चिलम पहुँचाने, वटतला गईं, तो दोनों आमने-सामने तने बैठे थे, जैसे नाग-नागिन का जोड़ा। मैंने सुना, स्वामी उनसे कह रहे थे, 'शिव जिसे शक्ति कहकर पुकारते हैं, सांख्य पराप्रकृति सूर्यपूजक महारजनी, बौद्ध तारा, जैनी श्री, ब्रह्मज्ञानी स्वधा, वैदिक गायत्री और अज्ञानियों की मोहनी, वही हो तुम महामाया महाविद्या।' उधर माया दी की उस दिन क्या अपूर्व रूपछटा थी; काले छिटके केश, कपाल में चढ़ी आँख, ललितासन में बैठी देवी की मूर्ति-सी ही जगमगा रही थीं—कहने लगीं, "तुम्हीं मेरे शिव हो गोसाईं, और मैं तुम्हारी शिव शक्ति।" चन्दन उस जंगली-सी दीखनेवाली चरन के पांडित्यपूर्ण प्रलाप को सुनकर उसे देखने लगी।

क्या यह अपढ़ लड़की अघोरी अखाड़े में झाड़-बुहार, चिलम सजाते ही

यह सब सीख गई थी?

गहरे जल में डूबती-निकलती उसकी काली चमकती सुडौल टाँगें नील कमल और चौड़े-चौड़े पत्तों के पाड़ की हावड़ाहाट की सस्ती मोटी धोती, जिसका पलास फूल में रँगा रंग कहीं गहरा और कहीं चितकबरा-बातिक-सा बनकर उभर आया था, और बन्धनहीन वक्षस्थल पर बड़ी उदासीनता से फहरा रहा आँचल, प्रकृति की वनस्थली में स्वेच्छा से विचरण करती यह चंचल तितली—और ऐसी बातें—क्या नित्य सुन-सुनकर ही रट गई होंगी?

"यही है मन्दिर, पैर धोकर मेरे पीछे-पीछे चली आओ, बिना हाथ पकड़े नहीं आ पाओगी।" लोहे की मोटी जंजीर में लटका एक विराट घंटा हिलाती चरन सीढ़ियों पर चन्दन के लिए धमककर रुक गई। घंटे की वज्रहुंकार, किसी गिरजे के घंटे की भीम-गर्जना-सी ही पेड़ों से टकराकर लौट आई। प्राचीन देवालय के प्रवेशद्वार से भीतर जाते हुए चन्दन को अपनी लम्बी देह धनुष की प्रत्यंचा के समान दुहरी करनी पड़ी। दो कदम रखते ही भयावह सूचिभेद अन्धकार में सहसा उसकी पथ-प्रदर्शिका खो गई। "कहा था न मैंने, हाथ पकड़े रहो।" चरन का स्वर एक दबी हँसी में खो गया, फिर वह उसके निकट आकर चमगादड़-सी फड़फड़ाने लगी।

"लो पकड़ो मेरा हाथ और मेरे पीछे-पीछे चली आओ।"

बर्फ की सिल्ली-सी ठंडी जमीन पर सहमे कदम रखती वह चरन के हाथ की लकुटी पकड़े किसी अन्धी भिक्षुणी-सी ही चली जा रही थी। आधे गज के अन्धकार की दूरी पार करते ही एक नन्हें घृतदीप के आले पर जल रहे ज्योतिपुंज ने देवालय के छोटे-से कक्ष को; आश्चर्यजनक दीप्ति प्रदान कर रखी थी।

'जय शिव, जय गुरु' कहती चरन, जीर्ण चन्दोबे से लटके चाँदी के छत्र को हिला-हिलाकर बजाने लगी। चन्दन एक बार फिर हतबुद्धि-सी खड़ी रह गई, न वह हाथ ही जोड़ पाई, न पलकें ही झपका सकी। कैसा जाना-पहचाना देवस्थल लग रहा था वह, फिर भी वह आज पहली बार यहाँ आई थी। तब क्या किसी पूर्वजन्म की स्मृति ही उसे ऐसे विह्वल किए जा रही थी? नहीं-नहीं, वह ऐसे ही अन्धकार में डूबकर, दर्शन मात्र से ही उज्ज्वलता के तीखे प्रकाश से उभरते एक अन्य शिव मन्दिर की स्मृति स्पष्ट हो उठी थी। क्या शिव के सभी प्राचीन मन्दिर, जान-बूझकर ही ऐसे घनान्धकार में प्रतिष्ठित किए जाते होंगे? उसकी सन्निपात-सी मरणासन्न अवस्था में, माँ की मानी गई

मनौती पूर्ण करने, वह एक बार जागेश्वर के शिव मन्दिर में गई थी। ऐसा ही भयावह अन्धकार श्मशान की निकटता, हिमशीलता देवालय की धरा पर पड़ते सहमे कदम, और शिवलिंग को आलोकित कर रहे ऐसे ही घृतदीप की ज्योति को थामे पीतल के पानस में गढ़ी चन्द वंश के राजाओं के शिल्प को अमर करती दिव्य मूर्ति।

माँ का मीठा स्वर जैसे उसके कानों में गूँजने लगा :

तुषाराद्रि संकाश गौरं-गभीरं
मनोभूत कोटि प्रभाश्री शरीरं
स्फुरन्नमौलि कल्लोलिनी चारुगंगा
लसत भाल बालेन्दु कंठे भुजंगा।

माँ की यह प्रिय शिवस्तुति कौन गाने लगा था यहाँ? वह चौंककर इधर-उधर देखने लगी, तब ही देखा चरन, चाँदी का छत्र हिलाती, झूम-झूमकर गा रही थी–

मृगाधीश चर्माम्बर मुंडमालं।

बारहवीं शताब्दी के बने उस मन्दिर की स्थापत्य कला में, पालवंशीय राजाओं की सुरुचि की छाप थी। मूर्तियों के सुघड़ आकार, जीवन्त हाव-भाव, लास्य कटाक्ष, वस्त्रों की सुस्पष्ट भाँज–सबके निर्माण में बंगाल के मूर्तिकारों ने जैसे छेनी तोड़कर रख दी थी–काले राजमहल पर खुदी पार्वती की वह मूर्ति वास्तव में दर्शनीय थी। प्रसारित दक्षिण करतल पर स्थित था भव्य शिवलिंग, एक ओर सिंहवाहन को दुलारते मुस्कुरा रहे थे नन्हें कार्त्तिकेय और दूसरी ओर मूषकारूढ़ गजानन अपने गजदन्त से माँ का आँचल पकड़े ठुमक रहे थे। चारों ओर बंगाल के शिल्पियों के प्रिय कदली वन की झूमती चौकोर पत्तियाँ, पार्वती के माथे के ऊपर चँवर-सा डुला रही थी।

"यह धूनी यहाँ निरन्तर जलती रहती है–हमारे गोसाईं के गुरु की धूनी है यह! तब ही तो रोज इसे जलाने आती हूँ। चलो, तुम्हें उनकी साधना की कोठरी दिखा लाऊँ!"

चक्करदार सीढ़ियों का एक गुच्छा का गुच्छा पार कर चरन उसे इमामबाड़े के से एक जालीदार खरोखे में ले गई। जालीदार मेहराब से नीचे बह रही नदी की धारा दीख रही थी। बाँस के वन से आती साँय-साँय करती हवा से, पहाड़ के सरल स्कन्धस्पर्शी वातास का कैसा अद्भुत साम्य था! एक खूँटी पर रुद्राक्ष की कंठी झूल रही थी, दूसरी खूँटी पर लटका था एक रिक्त

काला कमंडलु।

"वह देखो, गोपलिया की दुकान! ऐसी दीख रही है, जैसे छूते ही हाथ में आ जाएगी, वैसे होगी कोई एक मील! हाय राम, वहाँ तो तीन-तीन चिताएँ जल रही हैं जी! आज क्या बशीरहाट का पूरा गाँव ही मुआ जलने के लिए जुट गया है। लगता है, आज लौटती बखत भी वहाँ चाय नहीं मिलेगी।"

पास ही धरी शीशी से चरन ने तेल निकाला, रुई की बत्ती बनाकर यत्न से जलाई, फिर दोनों हाथ जोड़कर खूँटी पर टँगी रुद्राक्ष की माला के सामने खड़ी हो गई। जालीदार मेहराब के भीतर जल रहा प्रदीप नन्ही जालियों के असंख्य छिद्रों से प्रकाश की किरणें छोड़ने लगा। गरबा नृत्य करती गुर्जर कन्याओं के ज्योतिपुंजवाली जालीदार हाँड़ियों की याद ताजा करनेवाले इस आलोकित झरोखे में विधाता की गढ़ी दो अप्रतिम प्रतिमाएँ दमक रही थीं—एक दुबली-पतली, लम्बी, गौर-वर्णा और दूसरी काली—चमकती पुष्ट भरे-भरे हाथ-पैरों की नंगी नेपाली खुकरी-सा नाचती, पल-पल में प्रकृति के बदलते रूप के साथ अपनी रूपछटा बदलती—वनकन्या!

"चलो!" वह रुद्राक्ष के एक दाने को अपने कृष्णललाट से छुआकर चन्दन की ओर मुड़ गई, "धूनी में एक लकड़ी लगा आऊँ, फिर लौट चलेंगे!" चरन उसे एक बार फिर दीर्घ परिक्रमा कराती एक दूसरी ही कोठरी में ले गई, जहाँ लकड़ियों का एक विराट स्तूप खड़ा था। उनमें से चरन ने एक मोटी-सी लकड़ी खींचकर निकाली। चन्दन के मन में उठती जिज्ञासा को उसने फिर अपनी अलौकिक घ्राण-शक्ति से सूँघ लिया, "क्यों जी, यही सोच रही हो न, कि कौन इस बीहड़ जंगल में वह लकड़ियाँ पटक गया। शिवरात्रि को यहाँ बड़ा भारी मेला लगता है। हिन्दू-मुसलमान सब हैं इस भोले के भक्त। सुन्दर वन के जंगलों में तो सुना है आज भी मजदूर हमारे गोसाईं के गुरु के ही नाम का जोर-जोर से जप करते जाते हैं। शेर भी दुम दबाकर भाग जाता है, उस वन-फकीर के नाम से। यहाँ चढ़ावे में चढ़ती हैं धूनी की लकड़ी और धतूरे का फूल—बस! ये ही दो चीजें माँगते हैं हमारे भोलानाथ! एक बार तो कलकत्ते के एक सेठ ने दस गाड़ी लकड़ी एकसाथ डलवा दी थीं।" मोटी लकड़ी को धूनी में लगाकर चरन ने हाथ पोंछे। फिर वह आँचल की गाँठ खोलने लगी।

"थोड़ी देर सुस्ताकर अब चल देंगे। पहले तो मैं दिन डूबे पर लौटती थी। लगाई एकदम और बस फिर नींद ही नींद। सब सरम्जाम लाई हूँ साथ

में, ऐसी बात नहीं है!''

उसने अपने आँचल में बँधी नन्ही-सी चिलम निकाली और मूर्ति के पीछे हाथ डालकर एक पुड़िया निकाल, चिलम में उँडेलकर हँसने लगी, ''नित्य भोले की प्रसादी का एक दम यहाँ लगाती हूँ, दूसरा घर पर। यहाँ का दम रास्ते के भूत-प्रेतनियों के डर को भगाता है और घर पर लगाया गया दम वहाँ की चुड़ैल को बेदम कर देता है। पर इधर जब से शक्ति मंडल को बाघ खींच ले गया, तब से जल्दी घर भागना होता है!''

भरी चिलम को धूनी के अंगारों से दहकाकर, उसने 'जय शिव गुरु' की हुंकार भरकर, शिवलिंग में छुआया, फिर अपने माथे पर, फिर दोनों हाथों की मुट्ठी में चिलम साधकर वह एक दम कश खींच खाँसती-खाँसती दुहरी हो गई। देवालय की घृतजोकी शिखा, क्रमशः मन्दी पड़ती जा रही थी। चरन को मानो हिरिया का दौरा पड़ गया।

''जय बम, जय बम, बमलहरी, बम बबम बबम बम बमलहरी'' कहती हुई वह झूमती-गाती-हँसती जा रही थी। एक कंठ से निकली विकृत बमलहरी, सहसा देवालय की विचित्र ढंग से बनी दीवारों से टकराकर शतकंठों में गूँजने लगी।

अब चन्दन क्या करे?

चिओं के धुएँ में डूबे रास्ते, नरमांस-लोभी भूखे और चालाक बाघ से मुठभेड़ की आशंका, अनजाने सर्पिल पथ की सुदीर्घ परिक्रमा, चांडाल की हिंस्र, तीव्र अन्तर्भेदी दृष्टि की स्मृति, इधर अन्धकार में कंठ तक डूब गए अनजान देवालय में गाँजे-चरस के नशे के साथ अनजाने आकाशों में विचरण करती प्रगल्भा सहचरी!

कहीं भस्म पुती दो तप्त लम्बी बाँहों के घेरे ने यहीं बाँध लिया तो?

दीया बुझने से पहले चन्दन ने चिलम छीनने को दोनों हाथ बढ़ा दिए, ''क्या कर रही हो चरन, अब तुम नहीं पीओगी! चलो घर, मुझे डर लग रहा है!''

उसका गला इतना की कहकर स्वयं अवरुद्ध हो गया। चिलम छीनने को प्रसारित बाँहें शून्य में लटककर रह गईं—मन्दिर की टूटी दीवार में खुदी, शिव की भव्य मूर्ति में बनी दो दपदपाती, मत्त आँखों ने जैसे दो तीखे भालों से उसे पीछे हटा दिया। यह मूर्ति कहाँ से आ गई? क्या यह तान्त्रिक मन्दिर भी उसे छलने लगा था या अनचाहे नथुनों में घुस गया चरन की जादुई

चिलम का धुआँ ही उसे यह सपने दिखाने लगा था!

"खाली गाँजा ही थोड़े है इसमें!" चरन ने तभी ठठाकर कहा, "इसमें कुछ और भी रहता है—कुकुरमुत्ते का विष! क्या समझीं? एक दम लो और बन जाओ रानी-पटरानी। सोने के पेड़ों में लटकते हीरे के फल तोड़कर खाओ! वाह, वाह! तब ही गोपलिया कहता है ना, 'जिसने न सूँघी गाँजे की कली, उस लड़के से लड़की भली!"

कैसी विलक्षण मूर्ति थी, बाप रे बाप! सिंहारूढ़ा पार्वती और मकरारूढ़ा गंगा, एक ओर पत्थर की खुदाई में खुदा नागलोक, आधा शरीर मनुष्यों का, आधा नाग का, हाथ जोड़े लम्बी कतार में चले जा रहे शिव के गण, कदम ऐसे उठे थे, जैसे अभी पदचाप से मन्दिर को गुँजा देंगे—खट-खट, खट-खट! सिर के ऊपर स्वर्गलोक, विभिन्न वाहनों पर आरूढ़ विभिन्न देवता, उनके बीच दस भुजाएँ नचाते हुए शिव की रौद्र मूर्ति, और उस मूर्ति के कंठ में पड़ा सर्प का यज्ञोपवीत! देखकर ही चन्दन दो कदम पीछे हट गई थी। यह तो उसी अवधूत का दुलारा सर्प लग रहा था। दीया बुझ गया था, अँधेरे में चमकती चरन की लाल-लाल आँखें और दहकती चिलम के लाल अंगारे—उन्हें ही देख पा रही थी चन्दन।

"जय गुरु, जय गुरु! लो, एक दम तुम भी लगाओ, फिर चल देंगे।" चरन ने न्यौता दिया, पर चन्दन मूर्तिवत् खड़ी रही।

"खबरदार, नाहीं मत करना—शिव की प्रसादी है—देखो, ऐसे साँस खींचना!" उसने नथुने भींचकर एक लम्बी साँस खींची। इस प्रदर्शन के बाद उसने चन्दन का हाथ पकड़ा और बड़े प्यार से उसे अपने पास बिठा लिया। अपनी मुट्ठी में बँधी चिलम उसने चन्दन के थरथराते होंठों से लगा दी।

"लो! लो, लगाओ दम, बहरी हो गई हो क्या? देखती नहीं अबेर हो गई है?" चरन ने चिरौरी की।

वह धुआँ स्वयं ही चन्दन के नथुनों में घुस गया या चरन की अपलक घूरती लाल अंगारों-सी दहकती उन आँखों ने कुछ ऐसा जादू डाला कि वह खुद ही एक दम लगा बैठी।

खाँसी के विकट दौरे के साथ ही फिर उसे कोई अँगुली पकड़कर अपने साथ नई उड़ान में उड़ा ले चला। नींद में चलनेवाले किसी रोगी की तरह वह चरन के पीछे-पीछे चल रही थी। दीर्घ स्थायी अनाहार की निष्ठुर प्रक्रिया ने जिन मांसपेशियों को अब तक जटिलता की गाँठों में बाँध दिया था, वह

स्वयं ही फटाफट खुलने लगीं। उस अरण्य की निविड़ता के स्वप्न लोक को चीरती हुई चन्दन बढ़ती जा रही थी। जिस नदी की अनजान गहराई में वह डरती-काँपती, कर्णधार-विहीन तरणी-सी डगमगाती चली आई थी, उसी पर वह अब ऐसे गहरे आत्मविश्वास से चली आई थी, जैसे वह अज्ञात जलराशि नहीं, घर के सामने का चिरपरिचित लॉन हो।

रास्ते-भर चरन कुछ बकर-बकर करती रही, लेकिन चन्दन उसकी बातों का शतांश भी, सुनने की कोशिश करने पर भी, सुन नहीं पाई। चित्त न जाने कहाँ-कहाँ भटक रहा था। इस बार चरन उसे किसी दूसरे ही पथ से लेकर आश्रम में पहुँच गई। माया भी ठीक उसी अवस्था में बैठी झूम रही थीं, जिसमें वे उन्हें छोड़ गई थी।

"कहा था न मैंने?" चरन कहने लगी, "एक-दो दिन तक अब ऐसी ही बौराई-सी झूमती रहेंगी—बिलकुल ताजा चरस पीसकर गोली चिलम में धरी थी। क्यों जी, तुम क्या एक ही कश लेकर ढेर हो गईं? अभी तो एक दम घर पहुँचने की भी लेनी होगी। मैंने कह जो दिया था, एक दम राह के भूत-प्रेतों को भगाने के लिए और दूसरी घर की चुड़ैल को खदेड़ने के लिए। बस, अभी तैयार करे देती हूँ चिलम—फिर लगे दम, मिटे गम! ठीक है न?"

खोई-सी दृष्टि से चन्दन उसे देखने लगी।

"बाप रे—तुम तो साक्षात योगमाया लग रही हो जी! कैसी नींद भरी है इन आँखों में! रुको, सोने से पहले एक चुटकी तुम्हें और सुँघा दूँ, जिससे तुम्हारा यह आधा नशा दुश्मन न बन बैठे। एक कश खींचकर खटिया पकड़ना और फिर रात-भर मजे से उन सबसे मिलती रहना, जिनकी बस याद ही बच रही है तुम्हारे पास!" हँसती-हँसती चरन चली गई और थोड़ी ही देर में चिलम भरकर लौट आई।

आते ही उसने बैठी-बैठी झूमती-झामती माया दीदी को हाथ पकड़कर ऐसा लिटा दिया, जैसे वह नन्ही बच्ची हों, पर दीदी लिटाते ही सीसे से भरी गुड़िया-सी फिर उठ बैठीं और तमाशा करने लगीं। गेरुआ धोती जाँघों तक उठाकर तालियाँ बजातीं, कभी जोर-जोर से हँसती, कभी भेंगी दृष्टि चन्दन को देखकर गाने लगतीं :

"मन ना रांगाए
कापड़ रांगाले
की भूल कोरीले जोगी!"

(हाय रे जोगी, मन नहीं रँगा, पर कपड़े रँगाकर तू कैसी भूल कर बैठा!) किसी अधेड़ बाईजी का-सा ही मांसल रूप से भरभराता कंठ था माया दी का! उस पर हाव-भाव कटाक्ष से सँवारकर प्रस्तुत किए जा रहे गीत का अर्थ न समझने पर भी चन्दन उसके बुभुक्षित प्राणों के कुत्सित आह्वान को खूब समझ गई। कौन कहेगा, यह अरण्यवासिनी तापसी है! किस नशे ने झुका दिया है इन्हें ऐसे?

यह क्या चिलम का धुआँ है, या स्वयं प्रकृति की सुँघाई गई चिलम का नशा? किन-किन अतृप्त वासनाओं के दग्ध अंगारे इस मत्त मयूरी को उछल-उछलकर बेढंगा नाच करते रहने पर मजबूर किए दे रहे थे?

''थाक माया दी, और नैकामी करते हौबे ना!' (रहने दो माया दी, अब और नखरे मत दिखाओ)—चरन की यह डपट सुनकर माया दी सहम गईं। चरन ने उन्हें उठाकर खटिया पर डाल दिया और मुँह तक चादर खींच दी।

''नहीं, नहीं, चरन! मेरी दुलारी प्यारी चरन! बस एक दम और दिला दे!'' माया दी गिड़गिड़ाने लगीं और हँसती चरन चिलम को कभी ऊँचा उठाती, कभी नीचे झुकाती माया दी को ऐसे चिढ़ाने लगी, जैसे कोई क्रीड़ा-प्रेमी स्वामी पालतू कुत्ते को हड्डी से लुभा रहा हो।

''अच्छा लो, बस एक ही कश खींचना, समझीं? अभी मैं हूँ, नई भैरवी है!'' सन्त सौम्य बालिका-सी 'हाँ-हाँ,' कहती माया दी एक लम्बा लोभी कश खींचकर जैसे अचेत हो गईं।

फिर उसी चिलम की सदय धूम्ररेखा चन्दन को सचमुच ही चेतना-जगत से बहुत ऊँचा उड़ाती महीनों से बिछुड़े आत्मीय स्वजनों के बीच उठा ले गई। स्मृतियों के सागर का ज्वार-भाटा, कभी उसे उठाकर पटक देता धारचूला, कभी दिल्ली और कभी शाहजहाँपुर। पहले-पहले हँसकर खिल्ली उड़ाने लगा, चाची का स्याह चेहरा...।

''वाह, ठीक ही कहा था मैंने, अपनी माँ की काठी पर मत जाना, लड़की! पर वही किया तूने।''

इस चाची ने विवाह के ठीक तीन दिन पहले उसको कितना रुलाया था। रात-रात भर रजाई में मुँह छिपाकर रोई थी वह। हाय, अम्माँ ने इस कलमुँही चाची को क्यों न्यौता होगा! पर अम्माँ भी भला क्या करतीं? लाख हो, थी तो सगी चाची, उसे भला कैसे नहीं न्यौततीं, वैसे चतुरा अम्माँ ने चिट्ठी ऐसे कौशल से लिखी थी कि हवाई जहाज से उड़कर आतीं तब भी

शायद चाची नहीं पहुँच पातीं, पर उन्हें जाने कहाँ से खबर लग गई!

"अरी, तूने नहीं बुलाया तो क्या हुआ!" उन्होंने अम्माँ को खूब खरी-खरी सुनाकर, काल्पनिक अश्रुजल पोंछ, अपनी भौंडी मोटी नाक आँचल से निचोड़कर रख दी थी, "आखिर अपना खून ही तो जोर मारता है—जैसे ही मैंने सुना, इधर-उधर से धेला-टका कर्ज लिया और बगटुट भागी।"

तीसरे दिन अम्माँ बाजार करने गईं तो झट चाची उसे छत पर खींच ले गईं, "और क्या मैं झूठ कहती हूँ!" वह अपनी बिल्ली की-सी कंजी आँखों को काँच की गोलियों-सा चमकाती उससे कहती जाती थीं, "मैं तो तुझसे कहती भी नहीं, पर सोचा, पराए घर जा रही है, वह भी ऐसे घर, जहाँ की जूतियों की धूल की भी बराबरी न तू कर सकती है, न तेरी अम्माँ। अब उस घर की इज्जत रखियो, बिट्टी! कहीं अपनी माँ की काठी पर मत जइयो!"

और फिर आरम्भ हुआ माँ की कलंक-गाथा का गुटका संस्करण। बीच-बीच में अपनी जबान के सलोने छौंक लगाती, चाची आवश्यकतानुसार अश्रुजल-विसर्जन भी करती चली जा रहीं थीं—कभी उसके मृत पिता के लिए, कभी नाना के दारुण दुःख के लिए।

"वह तो हमारे जेठजी की दरियादिली थी, जो ब्राह्मण के घर की बिटिया को उबार लिया, नहीं तो क्या कोई जान-बूझकर मक्खी निगलता है। तेरे नाना बेचारे! कहते हैं, उन्होंने काली में कूदकर ही जान दे दी। वही हाल तेरी नानी का हुआ। बदनामी ने क्या उन्हें अपने समाज में कहीं मुँह दिखाने लायक रखा था!"

रात-भर चन्दन रोती रही थी। उसकी शान्त सरल अम्माँ का निरीह चेहरा, उसके सम्मुख मुस्कुराने लगता। नहीं, उसकी माँ ऐसी कभी नहीं हो सकती। यह निश्चय ही उसकी ईर्ष्यालु चाची के मन की भड़ास रही होगी। काल्पनिक बतकही का अनावश्यक जाल फैलाकर वह उसे फाँसने आई थी, जिससे सुख की पेंगों में झूलती भाग्यवती भतीजी को जमीन पर घसीटकर रुला सके। चाची सधवा होकर भी जेठ-जेठानी पर आश्रिता थी। उसके अकर्मण्य चाचा, जीवन-भर ताऊ के गृहद्वार के चौकीदार ही बने रहे। कभी उनके बच्चों को स्कूल पहुँचाते, कभी बाजार से सौदा लाते, कभी भाई के परिवार को पहाड़ पहुँचाते, और कभी उनकी अनुपस्थिति में उनके घर की रखवाली करते। उधर उसकी अम्माँ, विधवा होने पर भी, अपने ही साहस

से अपने पैरों पर खड़ी थीं। वैधव्यरिपु को उन्होंने पूरी शक्ति लगाकर धकेला था। सम्पूर्ण रूप से पराजित और धराशायी कर दिया। एम. ए., एल. टी. कर अब वह प्रधानाध्यापिका थीं। रहने को सरकारी बँगला था। एक दर्जन अध्यापिकाएँ उनके रोब से दिन-रात थर-थर काँपती रहती थीं। नौकर-चपरासी थे। सुन्दर सौम्य पुत्री थी और ईश्वर की कृपा से अब उसी को इतने बड़े समृद्ध गृह का राजपुत्र, स्वयं माँगकर अपनी हथेली पर बिठाने के लिए ले जा रहा था।

फिर भला, चाची क्यों नहीं क्रुद्ध उठतीं? उनकी साँवली पुत्री को तो कोई उनके लाख सिर पटकने पर भी नहीं ले गया था। इसीलिए उन्होंने किसी तरह कह-सुनकर उसे मेडिकल कॉलेज में भरती कराया, पर लड़की ने शिक्षा-क्षेत्र में ऐसी प्रगति दिखाई कि अपने बार-बार फेल हुए फिसड्डी विजातीय सहपाठी के साथ चुपचाप कहीं भाग गई। शायद, उसी असह्य दुःख ने चाची के ईर्ष्या-डंक को और भी घातक बना दिया था। अब अपने समाज का कोई भी नौशा उनके द्वार पर कन्यादान ग्रहण करने नहीं आएगा, यह कटु सत्य उनकी छाती में घूँसा-सा मार गया था और शायद उसी आकस्मिक घूँसे की मार से तिलमिलाकर चाची उसके विवाह की महफिल में विस्मृत कलंक का यह हथगोला छोड़ने चली आई थीं। किन्तु अन्त में चाची को ईश्वर ने सुमति दी या वह अम्माँ की ही किसी वक्री चाल का शिकार बनीं, बहरहाल विवाह से ठीक एक दिन पहले वह अपने बीमार भाई की गिरती हालत का तार पाकर चली गईं।

चन्दन की चाची के कथन में अतिशयोक्ति होने पर भी, बात सर्वथा बेसिरपैर की नहीं थी। उसकी माँ का रूप देखकर ही नाना ने नाम रखा राजराजेश्वरी। सिर से पैर तक यह राजराजेश्वरी, विसर्जन के लिए डोले में ले जाई जा रही नन्दादेवी की प्रतिमा की-सी ही गरिमा लिये हुए थी।

नानी का मायका था नैनीताल की नई बाजार में। प्रसूति के लिए नानी वहीं अपनी माँ के पास रहने चली गई थीं। नित्य आस-पास की छत मुँडेरों पर चढ़ती-उतरती शाह-परिवार की गोरी-चिट्टी ललाइनों की ठुमकती रूपशलाका ही शायद उनकी गर्भस्थ पुत्री को छू गई थी। शाहनियों जैसा ही दूधिया रंग, तीखी नाक और ऐसे दमकते चिकने कपोल कि लगता छूते ही लहू टपक पड़ेगा। एक तो ऐसा गजब का रूप, तिस पर सवा सत्यानाश यह कि चौदहवें में कदम रखा था कि चौबीस की लगने लगी। जैसा ही

उल्लसित रूप दिया था विधाता ने, वैसा ही उद्दाम स्वास्थ्य दिया।

तीसरी पत्नी ने ही उन्हें इस सन्तान का पिता बनाया था। इसी से यही इकलौती बेटी नानाजी के लिए बेटा भी थी। अपनी इस लाड़ली को वह अच्छी-से-अच्छी शिक्षा-दीक्षा, बढ़िया से बढ़िया घर-वर दिलाना चाहते थे। अपनी इसी सनक के पीछे उन्होंने घर-भर का विरोध लेकर पुत्री को अलमोड़ा के मिशनरी स्कूल में पढ़ने भेज दिया था। पुत्री को शिक्षा की सब सुविधाएँ उपलब्ध हो सकें, इसलिए वह स्वयं धारचूला रहकर अपने गलीचे-ऊन-शम का व्यापार देखते थे, और एक कोठी लेकर पत्नी को पुत्री के साथ अलमोड़ा में रखते थे। हाई स्कूल पास करने तक राजराजेश्वरी अपने रूप के सोने में मिशनरियों की सुघड़ शिक्षा का सोहागा मिलाकर स्वयं ही अपना मूल्य बहुत बढ़ा चुकी थी। अब वह किसी भी उच्च गृह की कुलवधू बनकर उसे आलोकित कर सकती थी। पर तभी विनाशकाले विपरीत बुद्धि हुई। रस की स्वामिनी रसातल में खींच ले जाई गई।

मिशनरी स्कूल में राजेश्वरी की अन्तरंग सखी थी—उससे भी अधिक लावण्यमंडिना एक किशोरी। जब यह सहपाठिन पहले दिन राजराजेश्वरी के घर आई तब उसकी रूपराशि देखकर सभी दंग रह गए। राजराजेश्वरी की माताजी भी इस सखी को देखकर मुग्ध हो गईं।

"आहा! किसकी लड़की है री, तेरी सहेली!" उसके जाते ही उन्होंने राजेश्वरी से सखी के कुलगोत्र का लेखा-जोखा माँगा।

राजेश्वरी कुछ सकपकाकर ही अपनी सखी का परिचय दे सकी। परिचय सुनते ही माँ आगबबूला हो गईं, "उस पतुरिया की बेटी की यह हिम्मत! खबरदार, जो मैंने आज से तुझे कभी उस छोकरी के साथ उठते-बैठते देखा। तब ही तो तेरे बाबूजी से मैंने कहा था, 'लड़की को ईसाइयों के स्कूल में भेज रहे हो, वहाँ तो ऊँची-नीची सभी जातियों की लड़कियाँ एक साथ बैठकर पढ़ती हैं। क्या हमारे ऊँचे खानदान की बिटिया ऐरे-गैरे घरों की लड़कियों के साथ पढ़ने बैठेगी?' पर उन्हें कौन समझाए? लगे ज्ञान बघारने, 'ईश्वर के यहाँ तो सब एक ही हैं, राजी की माँ!' पर देख छोकरी!" माताजी ने राजेश्वरी के कन्धे पकड़कर झकझोरते हुए कहा, "उससे हेल-मेल बढ़ाया तो मैं तुझे जिन्दा ही गाड़ दूँगी समझी! जात का बछड़ा औकात का घोड़ा, बहुत नहीं तो थोड़ा-थोड़ा!"

पर उनकी धमकी रेत में पड़ी बूँद-सी सूखकर रह गई। हुआ बस यही

कि सहेली चन्द्रिका फिर उनके घर कभी नहीं आई। राजराजेश्वरी ही लुक-छिपकर उसके यहाँ जाने लगी। जितने अनादर से राजी की माँ ने चन्द्रिका के लिए अपने घर के दरवाजे बन्द कर दिए थे, उतने ही आदर से चन्द्रिका माँ की दुलार-भरे आग्रह की बाँहें पसार अपने द्वार खोलकर नित्य राजराजेश्वरी की प्रतीक्षा में खड़ी रहती। यह ठीक था कि वह वारांगणा थी, और वह भी ऐसी रूपसी वारांगणा, जो उन दिनों कुमाऊँ की अधिकतर कुल-ललनाओं की आँखों की किरकिरी बनी हुई थी। उन दिनों में, जो भी समृद्ध गृहस्वामी एक-आध ऐसी रंगीली रखैल न रखता, वह अभागा ही माना जाता था। तब रखैल प्रतिष्ठा-प्रतीक का काम देती थी। जिस रईस के रखैल न हो, उसकी रईसी का सूर्य अभाव के मेघखंड से घिरता हुआ मान लिया जाता था। एक लम्बी अवधि तक चन्दन के नाना भी रूपलोभी षट्पाद की भाँति उसी अनुपम पुष्प के चारों ओर मँडराते रहे थे। उस तेजस्वी पुरुष का प्रेम पाकर चन्द्रिका की माँ भी अपने पेशे में ढीली पड़ने लगी थी। कई साज स्वयं नीरव हो गए। साजिन्दे वेतन न पाकर दूसरी जगह चले गए। घुँघरुओं पर धूल जम गई। पखावज की काली चिन्दकियाँ सफेद पड़ने लगीं, जैसे चमकीले कजरारे नयनों में मोतियाबिन्द उभर आया हो। पर इसी समय तीसरे विवाह की सुन्दरी पत्नी के प्रेम ने चन्दन के नाना को फिर घरेलू और पालतू बना दिया। उन्होंने इस विवाह के बाद भूलकर भी उस बस्ती में पैर नहीं रखा।

फिर वह कोठेवाली भी स्वेच्छा से घरवाली बनकर रूप की हाट से गृहस्थी की गहराई में उतर आई थी। जिसका हाथ पकड़कर उसने रूप की हाट की अपनी सजी दुकान पर लात मारी, उसने उसे सबकुछ दे दिया। रहने को बहुत बड़ा महल, एक पुत्र और एक पुत्री। रूप में एक गन्धर्व, तो दूसरी किन्नरी। पुत्र मिलिटरी ऐकेडमी में शिक्षा पा रहा था और पुत्री को मिशनरियों को सौंप अब वह निश्चिन्त हो गई थी।

"माँ! मिस समरविल कहती हैं कि वह मुझे मिशन की ओर से विलायत भेजेंगी। तू तब तक दद्दा का ब्याह कर छुट्टी पा लेना, फिर मैं विदेश में नौकरी करूँगी और तू वहीं आराम से माला जपना।" चुलबुली चन्द्रिका कहती और माँ हँसने लगती—बित्तेभर की लड़की, पर कैसी समझदारी की बात कह जाती है।

यहाँ तो चाहने पर भी वह आराम से कभी माला नहीं जप सकती। उसके पिछले जीवन के कलुष को, क्या कभी स्वदेश का समाज मिटने देगा?

सात समुद्र पार जाकर वह अपने नवीन जीवन का सर्वथा नवीन परिच्छेद निश्चय ही खोल सकेगी।

फिर उसकी सन्तान क्या ऐसे-वैसे पिता की देन थी? कुमाऊँ के राज-परिवार का रक्त था उसकी धमनियों में। इसी से तो उसकी लाड़ली चन्द्रिका जब अपनी जिद में मचलती, तब उसे बड़ा गर्व होता—इसी को तो कहते हैं राजहठ, स्त्रीहठ, बालहठ! वह मन ही मन अपनी राजकन्या के बीसियों नखरे सहने को तत्पर रहती।

राजराजेश्वरी ने पहली बार सखी के गृह का वैभव देखा तो दंग रह गई। क्या-क्या नक्काशीदार कुर्सी-मेज थे और वैसे ही आदमकद आईने, झाड़फानूस और तिब्बती गलीचे। चाँदी की तश्तरी में जलपान लेकर चन्द्रिका की माँ आई तो उसने पहले उन्हें नहीं देखा। वह तो एकटक दीवार पर लगे रंगीन तैल-चित्र को देख रही थी। तंग नेपाली पायजामा, बन्द गले का कोट, कार-चोबी की सलमा जड़ी मखमली गोल टोपी और तिब्बती भेड़ की पूँछ-सी पुष्ट मूँछें। हाथ में थीं एक चाँदी की मूठ की पतली छड़ी, मखमली पायदान पर चमकीला पम्पशू ऐसा चमक रहा था, जैसे अभी-अभी कोई दक्ष पेशेदार बुरुश मारकर चमका गया हो।

"क्या देख रही हो, बेटी?" मुस्कुराकर चन्द्रिका की माँ ने कहा और वह हड़बड़ाकर मुड़ी।

"यह हैं तुम्हारी सहेली के पिताजी। जो भी यहाँ आता है, पहले इस तस्वीर को देखता रहता है।"

पर राजेश्वरी तो अब चन्द्रिका के मृत पिता को नहीं, जीवित माता के अनूठे चित्र को ही सम्मुख देखकर हतबुद्धि हुई जा रही थी। जैसा लम्बा कद, वैसा ही सुडौल शरीर का गठन। इस उम्र में भी यह किसी नवयुवती की गदराई देहयष्टि से लोहा ले सकता था। चेहरा देखने पर ही समझ में आता था कि प्रकृति के क्रूर आतप-वर्षाकालीन घात-प्रतिघात को सहता इस बुलन्द इमारत का बुर्ज अब ढहने को है। "किसका घर उजाला किया है तुमने, बेटी? क्या नाम है तुम्हारे पिता का?" पेशेवर गायिका की मधुर शब्द-व्यंजना घुँघरू-सी झनक उठी थी।

"विशाड़ के महिमचन्द्र तिवारी हैं मेरे पिताजी।" राजराजेश्वरी ने यह सूचना सहज भाव से दी, लेकिन इसे सुनते ही एक क्षण को रोबदार मेजबान

का सुदर्शन चेहरा न जाने किस विस्मृत वेदना से नीला पड़ गया; पर दूसरे ही क्षण उसने अपने को सम्हाल लिया, "वाह-वाह, तब तो तुम हमारे जान-पहचानवालों की ही बिटिया हो—क्यों, आजकल कहाँ हैं पिताजी?" वह कुर्सी खींचकर उसके पास बैठ गई।

"क्या आप बाबूजी को जानती हैं?" राजराजेश्वरी ने पूछा और साथ ही माँ की क्रोधपूर्ण गर्जना का स्मरण कर, स्वयं ही चुप हो गई। कहीं पिता का अता-पता पूछती यह उसके घर पर ही न चली आए!

"जानती क्यों नहीं जी, तिवारीजी को कौन नहीं जानता? कौन-सी होली की बैठक उनके बिना जम सकती थी भला?"

ठीक ही कह रही थी रामप्यारी। होली की बैठक में ठंडाई से छलकते कलश, पहाड़ी गुझियाँ और सुगन्धित आलू के गुटकों के थाल बैठक में भेजतीं अम्माँ, कभी बुरी तरह झुँझला उठतीं, किन्तु दूसरे ही क्षण बाबूजी का लड़कियों को भी लजानेवाला मिश्री कंठ-स्वर गूँजता तो अम्माँ भी परदे की ओट से सुनती हुई झूमने लगतीं।

बाबूजी का गोरा चेहरा, तान आलाप की कशमकश से तमतमा उठता। कान पर हाथ धरकर वह पहाड़ की अनूठी चाँचर ताल की होली की गूँज से बैठक गुँजा देते :

जाय पडूँ पी के अंक
चाहे कलंक लगे री!

साथ ही 'अंक' के सम को पकड़ने, पूरी महफिल ऐसे झूमने लगती, जैसे सम न हो, हवा में उछाली गई गेंद हो।

रामप्यारी ने फिर पूछा, "क्यों, कहाँ हैं आजकल तिवारीजी?"

"धारचूला!"

"हाय राम, इतनी दूर? क्या करते हैं वहाँ?"

"थुल्मे, ऊन और गलीचों का व्यापार करते हैं।"

रामप्यारी सहसा उदास हो गई। हाय रे भाग्य! रूप के उस रसिक गुणी जौहरी का ऐसा पतन! रूप की हाट का सौदागर, क्या अन्त में गँधाते तिब्बती ऊन-गलीचे-थुल्मों का सौदागर बन गया! एक बार उसने अनुसन्धानी दृष्टि से राजराजेश्वरी को फिर से देखा।

कैसी मूर्खा थी वह!

पहली ही झलक में प्रेमी की पुत्री को क्यों नहीं पहचान सकी? हू-ब-हू

वही नक्शा और बोली में भी वैसी ही सामान्य-सी हकलाहट!

कहाँ वह उसे देखते ही अपने सुदर्शन पुत्र की वधू बनाने का फैसला करने जा रही थी। अब तो ऐसा सम्बन्ध सोचने में भी पाप लगेगा। पर उसके सोचने, न सोचने से क्या होता, विधाता ने तो पंच-शर को बिना सोचे-समझे ही पूरी कुमुक के साथ मोर्चाबन्दी पर बैठा दिया था। निशाने में अचूक वह सेनापति क्या फिर चूक सकता था? राजराजेश्वरी नित्य ही स्कूल से लुक-छिपकर आने लगी। अब सखी से भी अधिक प्रिय उसे सखी का भाई था! सजीला कुन्दनसिंह उन दिनों छुट्टियों में घर आया था, कभी तीनों ताश खेलते, कभी पिकनिक पर निकल जाते। रामप्यारी संदिग्ध दृष्टि से विवश-सी उन्हें खिड़की से देखती और एक कुटिल मुस्कान उसके सुन्दर चेहरे को विकृत बना देती। घूमने का क्षेत्र प्रायः संकुचित ही रहता, कभी बड़ी-सी कोठी की व्यर्थ परिक्रमा, जिसमें जान-बूझकर ही सुन्दरी समझदार बहन पिछड़ जाती और उसकी प्रतीक्षा में वे एक लगभग शुष्क जलकुंड में दोनों पैर लटकाकर बैठे बतियाते रहते। बाहर घूमने का प्रश्न ही नहीं उठता था, अलमोड़ा का क्षेत्रफल तब और भी सीमित था, स्वयं अपने यौवनकाल में मनमानी कुरंगी छलाँगें ले चुके रसिक शंकालु बुजुर्ग, एक साथ दस जोड़ी आँखें लिए इधर-उधर घूमते रहते।

रामप्यारी जान-बूझकर ढील देने लगी थी। बेटा यदि उच्च ब्राह्मण कुल की लड़की ले आए तो क्या दोष था? ऐसी बहू निश्चय ही उसके लिए तिलपात्र-सी महत्त्वपूर्ण हो सकती थी। फिर उस ब्राह्मण के बच्चे को सबक भी मिल जाएगा, जो सुन्दरी पत्नी का विधु-मुख देखते ही अपने शिखासूत्र का झोला-थैला बटोर उसके रूप यौवन की रत्नगर्भा मंजूषा को निर्ममता से लतियाकर चला था!

उधर प्रेमीयुगल भविष्य की सम्पूर्ण बचकानी योजनाओं को लिपिबद्ध कर चुका था। एक वर्ष ही में कुन्दन नौकरी पा जाएगा। केवल उसी छोटी-सी अवधि तक राजराजेश्वरी को बड़े धैर्य से पिता के कठोर चक्रव्यूह से जूझना होगा, पर इसी बीच, एक दिन चक्रव्यूह की कठिन मोर्चाबन्दी का आभास पाकर वह छटपटाती, कुन्दन के पास भाग आई। पानी की उसी सूखी डिग्गी के पास उसने अपने कोमल बाहुपाश में तरुण प्रेमी को बाँध लिया। पिता ने उसका विवाह ही नहीं, विवाह-तिथि भी निश्चित कर दी थी। उन्हें पता

नहीं कैसे अपनी भोली पुत्री की प्रणय-गाथा का आभास हो गया था। कुमाऊँ के ब्राह्मण की बेटी एक क्षत्रिय को वरे और वह क्षत्रिय वर भी उनकी बाजारू प्रेमिका का पुत्र हो, ऐसा होने से पहले वह ब्राह्मण निर्विकार चित्त से, इकलौती प्राणाधिका पुत्री को गोली से उड़ा सकता था। पर उड़ती चिड़िया को पहचाननेवाले उस दुनियादार व्यक्ति से भी न जाने कहाँ चूक हो गई! ऊँची खिड़की से कूदकर जंगली बिल्ली-सी राजराजेश्वरी भाग खड़ी हुई और साहसी प्रेमी की बाँहों में खो गई।

अविवेकी किशोर के पास न अनुभव था, न आगा-पीछा सोचने का समय। उसके बाद की कहानी यन्त्रणा और केवल यन्त्रणा की ही कहानी थी। राजराजेश्वरी के पिता ने लाल कुआँ के स्टेशन पर भगोड़े प्रेमियों को पकड़ लिया। कुन्दन को शायद वह सचमुच ही गोली से उड़ा देते। क्रोध किसी बावरे भूत की भाँति उनके सिर पर चढ़ आया था; लेकिन कुन्दन जापानी जुजुत्सु का-सा घिस्सा देकर भाग गया और मालगाड़ी में लदे गन्ने के ढेर के नीचे दुबक गया। रह गई काँपती-थरथराती राजराजेश्वरी, जिसे प्रेम के सुनहले सिंहासन से, बाल पकड़कर कसाई की भाँति घसीटते हुए महिम तिवारी घर ले आए। स्कूल छुड़ाकर उसे घर की चहारदीवारी में मूँद दिया गया।

पुत्री की कलंक-कथा कानोंकान बाहर न जाए, इस चेष्टा में तिवारीजी ने हजारों रुपया पानी की भाँति बहा दिया, किन्तु ऐसी बातें पहाड़ में छिपाए नहीं छिपतीं। ऐसी प्रेम-कथाओं की सामान्य गूँज भी, इन विचित्र गिरि-कन्दराओं में टकराकर नन्दादेवी के मेले में क्रूर व्यंग्य से भरे लोकगीत का रूप लेकर शत-शत कंठों में ललक उठती हैं। उसी मेले में पुत्री की कलंक-कथा का नया गीत गूँजने लगा तो राजराजेश्वरी को और भी कठिन कपाटों में मूँद दिया गया। देखते ही देखते चारों ओर विस्तृत पर्वतश्रेणियाँ, उसी अपमानजनक गीत से आन्दोलित होने लगी :

'अहा कुन्दनी रंगरूठा
मेरी राजी के न्हिलैगो!
मेरी रजुला भली बाना—
मेरी कुन्दनी न्हिलैगो।'

'कुन्दन रंगरूट मेरी राजी को ले गया रे! मेरी सुन्दरी रजुला को, मेरा कुन्दन ही ले गया।'

इस गीत की चार पंक्तियों ने चन्दन की माँ का सौभाग्य-द्वार अवरुद्ध-सा कर दिया। योग्य जामाता पाने का जो स्वप्न साकार होने जा रहा था, वह मूर्खा पुत्री ने अपने ही हाथों से व्यर्थ करके रख दिया। पहाड़ में अब कोई भी वेश्या-पुत्र के साथ भाग चुकी, उस नादान किशोरी के बचपने को क्षमादान नहीं दे पाएगा। सरल पर्वतीय समाज की दृष्टि में उसका अपराध जघन्य था। अब कौन विश्वास करेगा कि तिवारीजी की पुत्री पवित्र है? कौन-सी अग्नि-परीक्षा, अब उसे समाज में प्रवेश-पत्र दे सकेगी?

अपने ही एक दरिद्र मित्र के पैरों पर टोपी रखकर गिड़गिड़ाए भी थे, महिम तिवारी। उसके इंटर पास पुत्र को भी शायद वह अपने वैभव के अंग-राग से आकर्षक बना सकते थे। एक वर्ष पूर्व, शायद वह उस मित्र पुत्र की ओर देखकर थूकते भी नहीं, पर अब जो देखा उसी मित्र ने उलटे उन्हीं के मुँह पर जैसे पच्च से थूक दिया।

"नहीं जी, महिम!" उसने अपने फटे कोट की जेब में दोनों हाथ डालकर, सीना कबूतर की भाँति तानकर कहा था, "गरीब हैं तो क्या हुआ, हमारी क्या इज्जत नहीं है? लाख भूखे हों, पर पहले जब बारात की पंगत में नहीं न्यौते गए तो क्या अब ऐसे ही खाना बच रहा है, हमारे लिए—जानकर न्यौते गए, कंगलों की तरह? क्या अब हम जूठी पत्तल चाट लें?"

उसी रात को राजराजेश्वरी के पिता चोट-खाए नाग की तरह अपनी क्रुद्ध फूत्कार से घर-भर को विषमय बनाकर दामाद ढूँढ़ने निकल पड़े थे। अन्धा, लूला, लँगड़ा जो भी मिलेगा, उसी के पल्ले अब कुल-बोरनी पुत्री को बाँधकर विदा कर देंगे। उनकी आशा आशातीत रूप से सफल हुई। जामाता के रूप में मिला अपने ही कुल का एक धनवान पात्र। बिरादरी कहीं बड़ी मुश्किल से मिले इस जामाता के कान न भर दे, यह सोचकर महिम तिवारी विवाह कराने के लिए पत्नी और पुत्री को लेकर अलमोड़ा से हलद्वानी चले गए।

"माघ के महीने, पहाड़ में विवाह निबाहना, हँसी-खेल नहीं है भाई!" उन्होंने बड़ी चतुराई से अपने पलायन के पक्ष में पुष्ट दलीलें बाँध दी थीं, "इसी से तो इतना खर्चा उठाकर हलद्वानी जा रहा हूँ!"

पर समझनेवाले समझ गए। एक-आध ने मरे सर्प की आँखों में जान-बूझकर प्रश्नशलाका भी घुसेड़ दी, "क्यों जी महिम, हमने तो सुना, कन्यादान करने रानी रामप्यारी को भी साथ लिए जा रहे हो!"

और हीं-हीं कर हँसने भी लगे थे उनके एक-आध मुँहलगे साथी। जब से रामप्यारी राजा साहब की घरनी बनी थी, तब से उसे चाहे-अनचाहे रानी का खिताब, स्वयं ही मिल गया था। लहू की घूँट पीकर, महिम ने सिर झुका लिया। करता भी क्या? क्या निर्धूत केशा, गत-गौरवा दुष्टा पुत्री ने डूबने को चुल्लू-भर पानी भी रहने दिया था?

दुहाजू सन्तानहीन जामाता की शाहजहाँपुर में मिठाई की बहुत बड़ी दुकान थी। बहुत पहले, घर से भागकर उस पहाड़ी ब्राह्मण ने गुड़ की गजक-रेवड़ी का खोमचा लगाया था। तब ढिबरी के लिए आधी छटाँक तेल जुटाना भी मुश्किल हो जाता था। आज लक्ष्मी की कृपा से, बीसियों नौकर दुकान में खोया घोटते थे। दामाद को देखकर राजेश्वरी की माँ तो जोर-जोर से रोने लगी। पलित केश, भग्न दन्त-पंक्ति, उस पर दहकती भट्टी के साहचर्य से स्याह पड़ गया चेहरा। राजराजेश्वरी की डोली क्या उठी, किसी प्राणहीना की अरथी उठी। राजराजेश्वरी को विदा करने के बाद उसकी माँ ने खाट पकड़ी तो फिर नहीं उठी। आँख में अमृत की अंजन शलाका-सी पत्नी का विछोह महिम तिवारी के लिए असह्य हो उठा। वह दिन-रात, याक और भोटिया भेड़ों पर बीस-बीस सेर के थुल्मे लाद, इधर-उधर भटकने लगे। एक दिन उनका काफिला बिना स्वामी के ही घर लौट आया। लोग ढूँढ़ने निकले और कई दिनों बाद उनकी लाश एक गहरी घाटी में पड़ी हुई मिली। पता नहीं, स्वामी को क्रोधी तिब्बती याक ने ही उस गहरी घाटी में गिरा दिया था, या वह स्वयं ही जीवन की रिक्तता से ऊबकर उस गहराई में टूटकर बिखर जाने को कूद गए थे।

राजराजेश्वरी अपने पचास वर्ष के पति के साहचर्य के कुछ ही दिन बाद जान गई कि सुदूर प्रवासी होने पर भी उसकी कलंक कथा के अभिशप्त पृष्ठ उड़ते-उड़ते यहाँ उसके पति तक भी पहुँच गए हैं। वह इसी से और भी सावधान बनी, फूँक-फूँककर पैर रखने लगी। न कभी हँसती, न सजती-सँवरती। घर से बाहर जाना तो दूर, वह आँगन में या छत पर भी न जाती। यहाँ तक कि कभी आईने के सम्मुख भी खड़ी नहीं होती। फिर उस शंकालु स्वभाव के व्यक्ति ने भी अपनी ओर से पक्की किलेबन्दी करना आवश्यक समझा! दुकान पर जाता तो अपनी सुन्दरी पत्नी को ताले में बन्द कर जाता। ठीक एक वर्ष पश्चात चन्दन हुई, पर फिर भी वह ताले में बन्द रखी गई। सुन्दरी पत्नी द्वारा ईमानदारी से प्रस्तुत की गई सन्तान को भी

वह निर्मल चित्त से ग्रहण नहीं कर पाया। उसके अहम ने उसका मस्तिष्क सम्भवतः कुछ अंश में विकृत ही कर दिया था। दुकान का काम भी अब नौकर-चाकर देखते। वह चौबीसों घंटे, अपनी बन्दिनी पत्नी के इर्द-गिर्द भौंरे-सा मँडराता रहता। उससे एक ही प्रश्न बार-बार पूछता, "क्यों जी, यह तो मेरी ही पुत्री है न? कहीं पानी तो नहीं मिलाया दूध में?"

फिर वह अपनी विकृत हँसी से उसे सहमा देता, पर तब भी वह आश्चर्यजनक धैर्य से चित्त की झुँझलाहट पर कड़ा अंकुश गाड़कर रख देती।

"पागल हो गए हो क्या?" वह ऐसी मीठी मुस्कान का मधु घोलती कि सनकी हलवाई को अपनी तीन-तार की चाशनी का स्मरण हो आता।

"बस तो तुझे हवा ने भी नहीं छुआ!" वह एक बार फिर, उसकी परिक्रमा करता, उसे पान के पत्ते-सा फेरने लगता, "बुरा मत मानना री, पर अभी उस दिन अखबार में पढ़ा कि विलायत में एक मेम ने, तेरहवें महीने बच्चा जना है। मेरा बस चलता, तो ऐसी खबर छापनेवाले को गोली से उड़ा देता। क्या मिलता है इन्हें ऐसे किसी की हरी-भरी गृहस्थी चौपट करके!"

राजेश्वरी का सर्वांग घृणा से सिहर उठता। उसके जी में आता, उस ठिगने, ठुस्के, दन्तहीन कलूटे को, उसी की चाशनी में डुबोकर रख दे; लेकिन उसके लिए यह सब सहना जैसे प्रायश्चित करना था। वह शक्की जितना ही उसको दबाता, वह उतनी ही अधिक दबती। व्रत-अनुष्ठानों में अपने को डुबाकर रख देती। बूढ़े पति की वह सच्चे अर्थ में सहधर्मिणी बन चुकी थी। वह पग-पग पर उसके पातिव्रत्य की परीक्षा लेता, पर कभी मुँह की नहीं खाती। कभी-कभी खाँसते-खाँसते वह थाली ही में थूक देता और फिर जूठी थाली पत्नी की ओर खिसकाकर कहता, "इसी में खा लेना, ढेर-सी सब्जी परस दी थी मुझे। भला इतनी सब्जी क्यों बनाती है तू?" और वह चुपचाप अधिक सब्जी बनाए जाने का दंड स्वयं भोगने के लिए थाली में बची-खुची जूठन का चरी-भूसा निरीह गैया की भाँति निगल जाती।

चन्दन दो वर्ष की भी नहीं हुई थी कि राजराजेश्वरी विधवा हो गई। पाँच ही दिन के ज्वर में बूढ़ा मरा तो यह भी नहीं बता पाया कि अपनी अटूट सम्पत्ति वह किस चूल्हे के नीचे गाड़ गया है। सूम की सम्पत्ति की, वही तृतीय गति हुई, जो प्रायः हुआ करती है। राजराजेश्वरी को अलिखित विल के रूप में प्राप्त हुई, एक बड़ी-सी हवेली, अस्सी वर्ष की अन्धी-बहरी सास, सात-आठ कड़ाही और आठ-दस थाल बासी लड्डू-बर्फी, जिन्हें अर्थी

उठानेवाले स्वयं ही निकालकर खा गए।

जेठ कच्छ में बीड़ी के व्यापारी थे, उतनी दूर अन्धी माँ की पोटली कहाँ लादे फिरते? देवर-देवरानी पहले ही कन्नी काटकर न्यारे हो चुके थे। इसी से बेचारी राजराजेश्वरी अकेली ही इस विराट हवेली में बच्ची और बुढ़िया के साथ रहने लगी। श्वसुरगृह में आकर उसने एक ही सुख का उपभोग किया था और वह था हवेली के आवास का सुख। उसके कृपण पति ने जीवन-भर फटी बनियान और चीकट धोती पहनकर दहकती भट्टी के सान्निध्य में, अपने जीवन की सब आकांक्षाएँ खो दी थीं। किन्तु उसी ने, पता नहीं किस औदार्य से उस सुन्दर हवेली के निर्माण में, छाती खोलकर रख दी थी।

पति की तेरहवीं के पश्चात्, आत्मीय स्वजनों के विदा होते ही, चतुरा राजराजेश्वरी ने भविष्य की योजना बना ली। इतनी बड़ी हवेली में, वह अबोध पुत्री और वय-भार से नमित होकर बच्ची से भी अधिक अबोध बन गई अन्धी-बहरी सास को लेकर कैसे रहेगी? तीन कोठरियाँ अपने लिए रखकर, उसने पूरी हवेली, गर्ल्स स्कूल बनवाने के लिए दान कर दी। पूरे शहर में, उस प्रवासिनी पर्वतीय विधवा युवती के दान की चर्चा चल पड़ी। कोई कहता, "दिल हो तो ऐसा ही हो। चाहती तो किसी दफ्तर को किराये पर उठाकर, जिन्दगी-भर आराम से पैर पसारे दिन काट लेती !" कोई कहता : "देख लेना मक्खीचूस बूढ़ा रात को गर्ल्स कॉलेज की प्रिंसिपल की छाती पर चढ़कर, उसके प्राण ले लेगा।"

पर ऐसा कुछ भी नहीं हुआ। स्कूल चला और चलते-चलते कॉलेज बन गया, और उसी कॉलेज के साथ-साथ कदम रखती, चल पड़ी स्वयं दुःसाहसिनी राजराजेश्वरी। स्कूल की प्रिंसिपल थीं प्रौढ़ा मिसेज खन्ना। उन्होंने स्वयं बाल-वैधव्य की पीड़ा का यथार्थ भोगा था। अपने फटे पैरों की बिवाई ने उन्हें पराई पीर की अनुभूति करा दी। स्वयं उन्होंने वैधव्य से मोर्चा लेकर, बुरी तरह पछाड़ दिया था। सूने मन और चीखते समाज से लोहा लेने को सारे दाँव-पेंच उन्होंने अपनी इस प्रतिभावान शिष्या को सिखा दिए और फिर अपने अखाड़े में खींचकर गंडा बाँध दिया। उन्हीं की स्नेहमयी छत्रछाया में राजराजेश्वरी पढ़ने लगी। सन्तानहीना शारदा खन्ना ने चन्दन को छाती से लगा लिया। चन्दन उन्हें दादी कहती थी और सगी दादी को कहती थी—हाऊ।

सचमुच हौवा ही थी दादी। जूड़ा खोलकर वह कभी उलझे सफेद केश

पूरे चेहरे पर फैला देती। दहाड़ें मारती मृत पुत्र को पुकारने लगती और कभी अपने अतृप्त यौवन की उद्दाम स्मृतियों का ऐसा नग्न प्रदर्शन करने लगती कि सड़क के आवारा छोकरे, तालियाँ बजा-बजाकर उसे अश्लील ढंग से बढ़ावा देते। एक दिन अँधेरी रात में, वह ऐसी ही अवस्था में रोती-कलपती घर से निकली तो फिर नहीं लौटी।

राजराजेश्वरी को उसके पैरों में खड़ी कर, शारदा खन्ना भी समय से कुछ पूर्व स्वेच्छा से अवकाश ग्रहण करके अपनी बहन के पास रहने विदेश चली गई थीं। उनकी बड़ी इच्छा थी कि चन्दन भी उनके साथ विदेश चले, किन्तु राजराजेश्वरी के प्राण ही उस इकलौती सन्तान में बसते हैं, यह वह बुद्धिमती नारी जानती थी। उन्होंने चन्दन को साथ ले चलने की जिद नहीं की। राजराजेश्वरी कहीं भूल से यह न समझ बैठें कि निःस्वार्थ भावना से किए गए अनुग्रह का प्रतिपादन माँगा जा रहा है—इस बात का परोपकारिणी मिसेज खन्ना ने पूरा खयाल रखा। प्राणों से भी प्रिय बन गई चन्दन को छाती से लगाकर मिसेज खन्ना ने आँखें पोंछी और राजराजेश्वरी को ऐरोड्रम के एकान्त कोने में खींच ले गईं।

"राजेश्वरी!" उन्होंने विदा लेते-लेते अपनी सखी और शिष्या के कानों में गुरुमन्त्र की गायत्री फूँक दी, "लड़की के हाथ, जल्दी ही पीले कर छुट्टी पा लेना। उसमें ढील-ढिलाव मत करना, समझीं?"

"क्यों?" भीतर ही भीतर एक अनजानी धड़कन में धड़कती राजराजेश्वरी का कलेजा बैठ गया।

वैसे तो वह सुन्दरी पुत्री को दिन-रात आँखों में मूँदकर रखती थी। यौवन की जिस देहरी पर उसने स्वयं एक घातक ठोकर खाई थी, उस पर कहीं लड़की भी ठोकर खाकर न गिर पड़े, इसका वह दिन-रात ध्यान रखती थी। कॉलेज जाती तो वह साथ रहती, लौटती तो वह पुत्री के कदम से कदम मिलाती चलती। जागरूक सिंहिका की ही भाँति, वह नित्य पुत्री का छायाग्रास निगलती रहती। पर क्या उसने स्वयं, अपनी ऐसी ही सजग प्रहरी बनी माँ को नहीं छल लिया था? अम्माँ क्या कुछ जान पाई थीं, जो वह जान लेगी? हो सकता है, शारदा बहनजी ने कुछ दाल में काला देख लिया हो।

"पगली कहीं की!" शारदा खन्ना ने, उसकी दोनों दुबली कलाइयाँ थाम ली थीं, "तुम्हारे लिए तो तुम्हारी चन्दन अब भी बिना फ्रॉक के खाली कच्छे

में घूमनेवाली चन्दन है, क्यों? तुम्हारी लड़की-सी सुन्दर लड़की पूरे शहर में दीया लेकर ढूँढ़ने पर भी नहीं मिलेगी, राजेश्वरी! ऐसा रूप, जिसे देखकर हम अधेड़ औरतों की भी आँखें झपकना भूल जाती हैं, फिर उस सौन्दर्य के चिकने पत्थरों पर, किस नौजवान के पैर नहीं फिसलेंगे? जरा अपने पड़ोस पर ही आँखें फेरो। एक से एक गबरू जवान पटे पड़े हैं। वह भी तुम्हारी बिरादरी के होते तो मुझे चिन्ता नहीं थी। अँगुली उठाते ही तुम एकसाथ सहस्र राजपुत्रों का स्वयंवर अपने आँगन में ही रचा सकती थीं। पर भगवान न करे, उनमें से एक की भी आँखें इस पर पड़ें। इसी से कहती हूँ राजेश्वरी, तुम्हारी कई छुट्टियाँ पड़ी हैं, लम्बी छुट्टी लेकर पहाड़ चली जाओ और अच्छा घर-वर देखकर चटपट गंगा नहा लो। किसी भी समाज में रूपमती पुत्री की माँ के लिए जामाता ढूँढ़ना कोई सिरदर्द नहीं होता। ऐसी भाग्यवती सास को दामाद ढूँढ़ने नहीं पड़ते; दामाद स्वयं उसे ढूँढ़ लेते हैं।"

ठीक कह रही थीं शारदा बहनजी।

सारी रात वह बेचैनी में डूबी, बरामदे में टहलती, आसपास की हवेलियों के बुर्जों को देखती रही। उसकी हवेली के चारों ओर, कंधे पर हाथ धरे, शाहजहाँपुर के समृद्ध रोहिला पठानों की ऊँची-ऊँची कोठियाँ खड़ी थीं। एक से एक सुन्दरी, गोरी-नीली आँखोंवाली, कोहकाफ की-सी परियाँ हाथ हिला-हिलाकर, सुन्दरी चन्दन को नित्य अपने यहाँ बुलाती रहतीं। आज ईद है, कल मौलूद है, परसों पीर मलंग की मजार पर चादर चढ़ेगी और हर उत्सव में चन्दन को साथ ले चलने का दुराग्रह! राजराजेश्वरी के हाँ या ना कहने से पूर्व ही, कभी बचपन से उसके साथ खेली ताहिरा चन्दन को घसीट ले जाती, कभी नसीम! न जाने कब उनकी ईद, इस छोकरी की भी ईद बन जाए! यह चिन्ता ही तो अब उसे सताने लगी थी। दिन डूबे, प्रतिवेशिनी सखी के उत्सव-समारोह से, चन्दन खस और हिना-मोतिया में सँवरी लौटती, तो राजेश्वरी उसके निर्दोष चेहरे की मज्जा तक अपनी सन्धानी दृष्टि से उधेड़कर देख लेती। चन्दन के रूप की ओर अब तक उसकी दृष्टि ही नहीं पड़ी थी। शारदा बहनजी की चलते-चलते दी गई शिक्षा ने चन्दन को क्या एक ही दिन में बदल दिया था?

क्या रंग था लड़की का! और कैसी अपूर्व आँखें– एक तो इधर उसकी गुंइयाँ ताहिरा ने, उन शरबती आँखों में सुरमे के स्याह डोरे डाल, उन्हें और भी सरस बना दिया था, उस पर पारदर्शी त्वचा पर मुसलमानी धानी-ऊदे

लच्छे की शोभा, लहरें-सी मारने लगी थीं।

"चची ने जिद कर एकसाथ इतनी चूड़ियाँ पहना दीं, अम्माँ! पूरे चार रुपये की हैं।" वह चची के औदार्य का बढ़ा-चढ़ाकर उल्लेख करती, रूठी माँ को मनाने का प्रयत्न करती। वह जानती थी कि अम्माँ, चाहे मुँह से कुछ न कहे, किन्तु अपनी खतरनाक आँखों के डमरू बजाकर, उसे शाखामृगी-सी ही उठा-बैठा सकती है।

प्रतिवेशी मुसलमान परिवार के लड़के भी, सब नहले पर दहला थे। एक से एक बाँके, सजीले जवान, कभी कोई पाकिस्तान के इंजीनियरिंग कॉलेज से छुट्टियाँ बिताने आ जाता, कभी कोई अलीगढ़ का अधूरा डॉक्टर ही, बारजे में सीटियाँ बजाता, निरर्थक चक्कर लगाने लगता। जब-जब उनके छुट्टियों में घर आने की खबर राजेश्वरी को मिलती, वह स्वयं गेस्टापो बनी पुत्री के पीछे, छाया-सी डोलने लगती। वह स्वयं, प्रेमदुर्ग की एक-एक गुप्त सुरंग से परिचित थी, कब और कैसे पुत्री माँ को छल सकती है, वह सब सूँघकर ही बता सकती थी, किन्तु इतना वह जान गई थी कि पुत्री की निर्दोष दृष्टि में, अभी कहीं भी छल-कपट की धोखाधड़ी नहीं उभरी है, किन्तु कभी भी डाइनामाइट का धड़ाका, उनकी गृहस्थी की सुदृढ़ चट्टान को ढहा सकता है। तब क्यों न वह स्वयं आग की जली, समय रहते ही मठा भी फूँककर पी ले!

लम्बी नीरस नौकरी के क्रम में उसने कभी एकसाथ दस दिन की भी छुट्टी नहीं ली थी। दूसरे ही दिन दो महीने की लम्बी छुट्टी लेकर, वह यह कहकर पहाड़ चली गई कि माँ-बाप का, बड़े शौक से बनवाया घर एकदम खँडहर हो गया है, ऐसी चिट्ठी घर से आई है, वह उसी की देखभाल करने जा रही है।

पुत्री के उत्साह का अन्त नहीं था, किन्तु जैसे-जैसे अलमोड़ा निकट आता जाता, उसकी माँ अस्वाभाविक रूप से गुमसुम बनी जा रही थी। लाल-कुआँ का स्टेशन आते ही राजेश्वरी को न जाने कैसी दहशत होने लगी। उसे अभी भी यही लग रहा था, जैसे कनेर की घनी छाँह में, साक्षात् दुर्वासा बने उसके क्रोधी बाबूजी थरथरा रहे हैं और लैंपपोस्ट की कुहरे में काँपती लौ में उसके वर्षों के विस्मृत प्रेमी का सफेद पड़ गया चेहरा, किसी अदृश्य प्रस्तर मूर्ति में, वहाँ सदा के लिए खुदकर रह गया है।

अलमोड़ा पहुँचने का तार उसने अपने आत्मीय स्वजनों को न देकर

अपनी एक परिचिता स्नेही प्रधानाध्यापिका को दिया था, जो अपनी अध्यापिकाओं की, एक छोटी-मोटी फौज ही लेकर बसस्टैंड पर माता-पुत्री की प्रतीक्षा में खड़ी थी। दोनों ने एकसाथ एल. टी. किया था। फिर रिश्ते में शान्ति, शारदा बहन की मौसेरी बहन भी लगती थी। बड़े स्नेह से, वह माँ-बेटी को लेकर अपने जिस बँगले में पहुँची, वहाँ राजराजेश्वरी पल भर को, ठिठककर खड़ी रह गई। अचानक जैसे किसी ने, पैरों में लोहे की बेड़ियाँ डाल दी हों।

"कितना बढ़िया बँगला है न, अम्माँ? एकदम किसी राजा का महल लगता है यह तो!" चन्दन चहकती जा रही थी, पर उसकी माँ को तो क्रूर नियति, पग-पग पर अँगूठा दिखाती, चिढ़ाती जा रही थी।

"हाँ-हाँ, ठीक ही कह रही है बेटी!" शान्ति ने कहा। वह उन्हें जिस तेजी से लेकर दीवानखाने में पहुँची, उसके लिए राजेश्वरी प्रस्तुत नहीं थी।

"क्षमा करना शान्ति, मोटर की लम्बी यात्रा के घुमार से मेरा सिर अभी भी चकरा रहा है।" वह, सामने धरी एक मखमली कुर्सी पर ही धम्म से बैठ गई। कुर्सी वहाँ बड़े मौके से धरी न मिलती तो शायद वह नीचे ही बैठ जाती। सचमुच ही कोई उसे बाँहों में लिए तेजी से चक्कर खिला रहा था। पर वह क्या मोटर-घुमार था?

कमरे की एक-एक कुर्सी, एक-एक मेज, झाड़फानूस के लटकनों में लिपटी-स्मृतियों के प्रेत कंकाल, उसे घेरकर मंडलाकार नृत्य में घूमने लगे। अब तक अवश पड़ी सहस्र स्मृतियाँ, जिन्हें उसने हलवाई पति की उबलती चाशनी में, गृहस्थी के पाग में पागकर रख दिया था, वे एकसाथ सहस्र भाले तानकर खड़ी हो गईं। दीवार पर लगे राजा साहब के निर्जीव चित्र में भी जैसे किसी ने पल-भर को जान फूँक दी थी—व्यंग्य से मूँछें बंकिम स्मित में तनी, उसे छेदने लगीं।

"तुम चलकर आराम से मेरे कमरे में लेट जाओ, राजेश्वरी!" शान्ति बोली, "लगता है, बेहद थक गई हो, एक नींबू डालकर गर्म चाय पिलाऊँगी तो तुम्हारी सब घुमारी दूर हो जाएगी।"

पर उस कोठी का कौन-सा कमरा ऐसा था, जहाँ वह आराम से लेट सकती थी? किस कमरे में, उसके प्रेमी का प्रेत उसकी छाती पर सवार हो, उसका गला नहीं दबा बैठेगा?

शान्ति के कमरे में जाकर वह और व्याकुल हो उठी। यही तो था कुन्दन

का कमरा। अपने पिता की खुकरी से उसने, इसी कमरे की दीवार पर लता-पत्रांकित एक पान का पत्ता खोद, दो अक्षर, खजुराहो की मिथुन मूर्तियों से गूँथकर रख दिए थे—'के' और 'आर'। शायद अभी भी वहीं हों।

शान्ति, चाय बनाने चली गई थी और पहली बार पहाड़ को देखकर मुग्ध हो गई उसकी चपला पुत्री कभी भाग-भागकर, झूमते, देवदार-द्रुमों को देख रही थी, कभी हिमाच्छादित कामेत और त्रिशूल की चोटियों को। वह एकान्त के अलभ्य क्षण पाकर सहसा बौराकर, दीवार को घूम-घूमकर देखती, अपनी स्मृतियों का खोया खजाना ढूँढ़ने लगी।

रंग-चूने की अनेक परतों के नीचे, सहसा एक-दूसरे से गुँथे दो अक्षर उसे मिल गए। भावुक कैशोर्य की लिखावट की स्याही क्या ऐसी ही अमिट होती होगी? अंग्रेजी की एक कहावत को वह मन-ही-मन दुहराने लगी—'प्रथम प्रेम की कभी मृत्यु नहीं होती। फिर वह तो उसका प्रथम और अन्तिम प्रेम था।'

"लो, चाय पी लो।" शान्ति चाय का प्याला लेकर आई तो वह ऐसे चौंकी, जैसे चोरी करती, रँगे हाथों पकड़ ली गई हो।

शान्ति ने उसे चाय थमाई, फिर अपना प्याला लेकर कुर्सी पर बैठ गई।

"यहाँ रहने का बस यही आनन्द है, राजेश्वरी!" वह चाय की चुस्कियाँ लेती कहने लगी, "बहुत ही सामान्य किराये में यह फर्निश्ड कोठी मिल गई—दरी, गलीचे, सोफा सबकुछ। सुना है, किसी राजा साहब ने अपनी मिस्ट्रेस के लिए बनवाई थी, पर जिसके भाग्य में आवास का सुख लिखा होता है, उसी को मिलता है। है न? कोठी बनी मिस्ट्रेस के लिए, मिली हेड मिस्ट्रेस को।" और वह अपने अनूठेपन पर स्वयं न्यौछावर होती, हँसती-हँसती उठ गई, "देखूँ तुम्हारी बेटी कहाँ घूम रही है? उसे भी चाय का एक प्याला पिला दूँ, राजेश्वरी"—वह चलती-चलती एक बार मुड़कर कहने लगी, "जब तुम्हारी चिट्ठी मिली कि तुम अपने समाज में, चन्दन के लिए लड़का ढूँढ़ने आ रही हो तब तुम्हारी दकियानूसी पर मुझे बड़ा गुस्सा आया, खुद तो वैधव्य की ठोकर खाकर तुम स्वावलम्बी बन सकीं, अबोध पुत्री को क्या पूरी शिक्षा भी नहीं दोगी? मुझे बड़ा अचरज-सा हुआ था। अभी तो लड़की ने इंटर किया है, छोटी-सी लड़की—फिर आजकल तो इंटर में आकर लड़कियों के दूध के दाँत टूटते हैं। सोचने लगी, क्या दिमाग फिर गया है राजी का, जो इस कच्ची उम्र में उसके विवाह की सोच रही है? पर आज तुम्हारी

बिटिया को देखा तो तुम्हारी समझदारी की दाद ही देनी पड़ रही है।"

"क्यों?" एक बार फिर राजेश्वरी के शंकालु स्वभाव का सजग शत्रु गर्दन उठाने लगा।

"पगली!" वह हँसकर कहने लगी, "दामी हीरे को क्या समझदार संसारी गाँठ में बाँधकर रखते हैं? जितनी जल्दी अपने इस अनमोल रत्न को किसी सुप्रतिष्ठित बैंक में जमा कर सको, उतना ही अच्छा है। मैंने, तुम दोनों के लिए ऊपर का कमरा ठीक करवा दिया है। यहाँ तो सुबह छह ही बजे कमरे में धूप आकर जगा देती है।"–भूल कर रही थी शान्ति।

ठीक साढ़े छह बजे धूप आती थी उस कमरे में और कभी-कभी उस धूप से भी पहले आकर कोई उस कमरे के सुदर्शन सोनेवाले को गुदगुदाकर जगा देती थी।

"आजकल तो मकान-मालकिन स्वयं आई हुई हैं। उसने कहा और राजेश्वरी की बस, जैसे उसे मद्दरवाली के घुमावदार मोड़ों पर, एकसाथ सौ बार तेजी से घुमा गई।

"वैसे मकान-मालकिन की लड़की हैं डॉ. चन्द्रिका विष्ट, टोरॉन्टो में ही माँ-बेटी बस गई हैं। माँ वहीं हैं, ये इस बार घर की देखभाल करने और भाई से मिलने चली आई हैं। कल वापस चली जाएँगी। बड़ी ही मिलनसार महिला हैं; जैसी ही सुन्दरी हैं, वैसी ही विदुषी। थारू-भोटिया उत्सवों पर डॉक्टरेट ली है।"

एकसाथ कई हथौड़ियाँ राजेश्वरी की कनपटी पर घन की-सी चोट करने लगीं–तो क्या कुन्दन सिंह भी यहाँ था? इन्हीं सोलह कमरों में से किसी एक में? क्या उसके चित्त में भी कैशोर्य के उस दौर्बल्य की खरोंच का निशान बचा होगा? क्या पता, लड़कपन की उस छलाँग की, अब स्मृति ही शेष हो?

किन्तु क्या वह लड़कपन था? किन्तु यदि वह लड़कपन ही था तो क्यों आज भी उन्नीस वर्षों के अन्तराल को पार करने पर अब भी उसका प्रौढ़ कलेजा, धड़कता, मुँह को आ रहा था? क्यों तकिये में गड़ाए गए चेहरे का, एक-एक कपोल दहकती भट्टी बन रहा था? क्यों अब भी, वह उसी रात की-सी दुःसाहसी छलाँग लगा प्रेमी की बाँहों में सिमट जाने को विवेकशून्य अभिसारिका-सी व्याकुल हो उठी थी?

रात-भर, कंठ में अटक गई कुनैन की गोलियों की ही भाँति, वर्षों की

भूली-बिसरी स्मृतियाँ, उसके मुँह का स्वाद कड़वा कर गईं। जो चन्द्रिका कभी उसे प्राणों से भी प्रिय थी, जिससे मिलने वह माता की कठोर धमकी की बड़े दुःसाहस से अवहेलना करती खूँटा उखाड़कर भागी हुंडेल बछिया-सी ही भागती थी, आज उसकी ही सम्भावित मुठभेड़ का भय उसे सहमाने लगा। अचानक उसके दिमाग में बिजली-सी कौंधती, एक नई योजना झटका दे गई। क्यों न दिन निकलने से पहले ही वह स्वयं ही कहीं घूमने का बहाना कर निकल पड़े? शान्ति तो कह ही रही थी कि आठ बजे की बस नहीं भी मिली तो डॉ. विष्ट, दस बजे की बस से तब भी निकल जाएँगी। चटपट उठकर वह तैयार हो गई।

न जाने कितने वर्षों से वह काषार देवी के दर्शन को ललक रही थी। आज उसी दूरी को नापकर जब वह घर लौटेगी, तब तक मकान-मालकिन निश्चय ही विदा हो चुकी होगी। आश्वस्त होकर वह उठी और खिड़की खोलकर बाहर देखने लगी। उजाला आकर पूरे बरामदे में फैल गया था। खिड़की बन्द थी, इसी से क्या वह भुलावे में रह गई? पलटकर उसने पास की पलंग पर बेखबर सो रही बेटी को देखा। थके सलोने चेहरे पर सूर्य की मन्द आभा फैल गई थी। कितनी बार उठ-उठकर वह उसके चिड़िया के-से छोटे अधरपुट स्वयं बन्द कर देती थी–'मुँह से साँस लेना अच्छा नहीं होता चन्दन, मुख बन्द क्यों नहीं करती?' वह लाख बार टोकती, किन्तु बहुत पतली गढ़ी गई यूनानी नाक के सुघड़ नथुनों से साँस लेते ही उसके नन्हें होंठ फिर खुल जाते, जैसे पाटल की मुँदी कली हों। आज भी दोनों हाथ छाती पर धरे मुँह खोल वह ऐसी ही गहरी नींद में डूबी थी कि उसे कोई काटकर फेंक भी देता तो शायद वह न जान पाती। ऐसे में, उसे क्या बिना जगाए ही छोड़ जाना ठीक होगा? चुलबुली चन्द्रिका कहीं उससे मिलने आई और पुत्री को ही जगाकर, कुछ अंड-बंड बक गई तब? वह सिरफिरी, कुछ भी कर सकती थी। क्या पता, उसे और कुन्दन को लेकर कुछ मजाक ही कर बैठे? वैसे वह मन-ही-मन अपनी मूर्ख आशंका के खोखलेपन को स्वयं समझ रही थी। ऐसी बचकानी बात भला चन्द्रिका, उसकी पुत्री से अपनी पहली ही मुलाकात में कभी कह सकती थी? किन्तु पग-पग पर चोट खाया राजेश्वरी का दुर्बल चित्त, पागलखाने में बिजली के झटकों से सहमाए गए किसी रोगमुक्त रोगी के चित्त की भाँति, सामान्य निर्मूल आशंका से ही त्रस्त हो उठता था। क्यों न उसे भी जगाकर, वह अपने साथ ले चले?

ठीक इसी की उमर की थी वह। जब ऐसी ही एक उजली भोर के धुँधलके में घर से भाग आई थी और ठीक इसी कोने में खड़ी हाँफने लगी थी। भोली माँ को कैसे-कैसे छलावे की लच्छेदार बातों में भरमाकर वह उस दिन आ पाई थी, स्कूल की किसी मास्टरनी ने एक्स्ट्रा क्लास लेने हाईस्कूल की पूरी कक्षा को सुबह सात बजे बुलाया है, फिर वहीं सबको खाना मिलेगा और सब पढ़कर दिन डूबे लौटेंगी, आदि-आदि। बात असल में दूसरी थी, कुन्दन ने ही योजना का सूत्रपात किया था कि बहन और उसकी सहेली को लेकर वह काषार देवी जाएगा, वहीं उसका एक विदेशी चित्रकार मित्र भी रहता था। दिन-भर उसके बँगले में बिताकर पिकनिक भी मना ली जाएगी और मन्दिर के दर्शन भी हो जाएँगे। रामप्यारी ने बड़े से कटोरदान में नाश्ता भर, तीनों को एक ऐसे अप्रचलित मार्ग की बीहड़ सुरंग से विदा कर दिया था, जहाँ से लोग, कभी-कभार अरथी कंधे पर धरकर ही निकलते थे। दो मील का निरर्थक फेर लेते, तीनों काली मिट्टी की सुरम्य सड़क तक पहुँच पाए थे। मार्ग-भर, कुन्दन उसे काली सड़क की कालिमा का इतिहास बताता गया था। कैसे कुमाऊँ के लोहनियों ने यहाँ लोटकर होम किया था, इसी से होम करनेवालों का नाम सदा के लिए पड़ गया 'लोहमी' और सड़क हो गई जलकर खाक :

'पर मैं बिरहन ऐसी जली—
कि कोयला भई न राख!'

कहता, वह उसके चेहरे के पास ही अपना हँसता चेहरा ले आया था। चन्द्री बार-बार जान-बूझकर ही पिछड़ गई थी, जिस एकान्त की दो प्रेम-विभोर हृदयों को कामना थी, उसके यथोचित प्रबन्ध की सूझ-बूझ शायद माँ के पेशे ने, चन्द्री की रक्तमज्जा में स्वयं ही बसा दी थी। वह कभी-कभी इतनी दूरी का फासला रखती पिछड़ जाती कि दोनों प्रणयी किसी चट्टान पर बैठकर उसकी प्रतीक्षा करते और हर फर्लांग की दूरी पार कर चट्टान पर किया गया वह विश्राम राजेश्वरी के चेहरे को और भी सुन्दर बना देता।

आज सोती पुत्री को देख उसे ऐसा लगा, जैसे कैशोर्य के दर्पण में वह स्वयं अपना ही प्रतिबिम्ब देख रही है। कितनी-कितनी कही-अनकही बातें नवीन पल्लव-सी अंकुरित प्रेमी की मूँछों का प्रथम स्पर्श, और काली मिट्टी की लम्बी सड़क पर सदा-सदा के लिए अंकित हो गए दो जोड़ी अनुभवहीन पैरों के पदचिह्न सहसा उसकी बड़ी सूझ-बूझ से रची योजना को मिटाकर

रख गए। वह जाए या न जाए, इसी उधेड़बुन में खड़ी स्मृतियों के सागर में डूब-डूबकर उतरा रही थी कि द्वार खोलकर हँसती-हँसती शान्ति खड़ी हो गई।

"लो, तुम तो एकदम फिटफाट होकर तैयार भी हो गईं, यहाँ ब्रश भी नहीं किया। डॉ. विष्ट, सुबह से ही कुछ लिखने-पढ़ने में लगी थीं। सोचा, तुमसे मिला दूँ, फिर तो आज चली ही जाएँगी। कुमाऊँ की इस प्रतिभाशालिनी महिला से तुम्हारा परिचय न कराती तो मन में एक ग्लानि ही रह जाती।—अरे, आप यहीं आ गईं? मैं तो राजेश्वरी को आप ही के कमरे में ला रही थी।..."

विदेशी जीन्स में, कटे केशगुच्छ का फुग्गा, बड़ी अदा से पीछे फेंकती, सिर से पैरों तक बिलकुल ही बदल गई चन्द्रिका, क्या उसका नाम सुनकर भी नहीं समझी? वह विदेशी मस्ती में झूमती, हाथ बढ़ाती राजेश्वरी की ओर बढ़ी और सहसा, किसी अदृश्य खड्ग की धार ने जैसे उसके बढ़े हाथ को कलाई से काटकर विलग कर दिया। शून्य में हाथ लटका और उसका मुँह आश्चर्य से खुला ही रह गया—"राजी—तू!"

उत्तर में राजेश्वरी हँसने लगी, किन्तु वह बिलखकर रोने भी लगती तो शायद उसका सफेद पड़ गया चेहरा उतना करुण नहीं लगता।

चन्द्रिका ने लपककर उसे बाँहों में भर लिया, "अरी, तू तो और भी दुबला गई है री!" वह उसे छेड़ती, दुलारती एक बार फिर पुरानी चन्द्रिका बन गई। "मैंने तो सुना था तूने किसी हलवाई की दुकान में अपने रूप की चाँदनी छिटका दी है। मैं तो सोच रही थी, तू इमरती, बालूशाही खा-खाकर खूब मुठिया गई होगी।" इतना कहते ही वह अपनी प्रगल्भता से स्वयं संकुचित होकर सहम गई। सखी का, श्रीहीन वैधव्य-मंडित चेहरा उसे उपालम्भ दे उठा।

शान्ति, हतबुद्धि-सी खड़ी-खड़ी उस विचित्र मिलन को देख रही थी। कंठ-स्वरों के गूँजने के व्याघात से बेखबर सो रही चन्दन भी जगकर पलंग पर ही बैठ गई थी। कौन होंगी ये? अम्माँ ने तो कभी उसे अपनी इस सहेली के बारे में कुछ नहीं बतलाया था, फिर भी वे जिस अन्तरंगता से उसकी माँ से लिपटीं, बार-बार पिछड़े दिनों की स्मृति में, आँखें पोंछ रही थीं, उसे देखकर लगता था, वह कभी उसकी माँ से घनिष्ठ मैत्री की डोर में बँधी रह चुकी थीं। कैसी ठसकेदार महिला थीं! लड़कों की-सी चुस्त काली

पैंट, सतरंगी जर्सी और कटे केशगुच्छ की एक-एक तरंग जैसे गोंद से चिपकाई धरी हो।

''क्षमा कीजिएगा।'' वह शान्ति की ओर मुड़ी और ठेठ विदेशी शिष्टाचार के ठसके में दुहरी होकर क्षमा माँगने लगी, ''हम दोनों बचपन की सहेलियाँ हैं, आपने दो-तीन बार शायद इसका नाम भी लिया था, पर मैं इतनी मूर्ख हूँ कि तब भी नहीं सोच सकी कि यह मेरी राजी भी हो सकती है।''

''अरे! यह क्या तेरी लड़की है?''

वह झपटकर, लजाती चन्दन को, बिस्तर से बाहर खींच लाई और दोनों बाँहों में थाम, हाथ-भर की दूरी पर धर, मुग्ध होकर उसका गुलाबी पड़ गया चेहरा देखने लगी, ''ऐ शाबाश, कटोरे पर कटोरा बेटा, बाप से भी गोरा—ऐसी ही कुछ पहेली भी है न? राजी, मैं तो आज तक सोचती थी कि तू ही संसार की सर्वश्रेष्ठ सुन्दरी है, पर यह तो आसानी से किसी भी मिस यूनिवर्स को चुटकियों में उड़ा देगी।''

बड़े लाड़ से उसने सखी की लजाती छुईमुई बन गई बिटिया का माथा चूमा और बड़े अधैर्य से हाथ की घड़ी देखती कहने लगी, ''डेम इट! ऐयर पैसेज बुक न किया होता तो आज तुझे छोड़कर कभी नहीं जाती। ऐ राजी, चल न मेरे साथ रुद्रपुर।'' फिर अचानक, अपने प्रस्ताव की धृष्टता से स्वयं ही सहमकर, पल-भर को चुप हो गई।

किस दुःसाहस से वह उसे अपने साथ रुद्रपुर चलने का न्यौता दे रही थी? ब्रिगेडियर भाई के तराई फार्म की लहलहाती फसल, द्वार पर बँधे हाथी-से ट्रेक्टर, पाँच पुत्र और उसकी स्थूलांगी पत्नी को देखकर, यह क्या सुखी होगी?

''चल न, मेरे जाने से पहले एक मिनट के लिए मेरे कमरे में तो चल। आई होप यू वोन्ट माइंड।'' एक बार उसने झुक-झुककर, अपनी टेनेंट और सखी की पुत्री से क्षमा माँगी, फिर राजेश्वरी को अपने साथ खींच ले गई।

विदेश से लौटकर, चन्द्रिका जैसे बढ़ती वयस को पीछे धकेलती और भी चपल डगें धरने लगी थी।

कमरे में पहुँचकर, उसने अपने लिए एक कुर्सी खींच ली और खाली पलंग पर धरा अपना विदेशी हल्का सूटकेस हटाकर राजेश्वरी को हाथ पकड़कर बैठा दिया। कुर्सी पर बैठते ही, उसने अपना सुनहला सिगरेट-केस निकाल लिया और एक सिगरेट जलाकर फूँकने लगी।

"छिः छिः चन्द्रिका!" जन्मजात संस्कारों की सिहरन से, ब्राह्मण कुल की पुत्री की रीढ़ काँप उठी। "तू क्या सिगरेट भी पीने लगी है?" उसने कहा।

"ओ सिली।" चन्द्रिका जोर से हँसी और उस खोखली हँसी ने सुन्दर चेहरे का मुखौटा, उतारकर दूर फेंक दिया। रँगे केश, नुची भौंहें, चिपकाई गई पलकें और निरंतर लिपस्टिक के प्रहार से, सूखे पपड़ी पड़े अधर, कितनी थकी और अधेड़ लग रही थी चन्द्रिका! "यह पूछ कि क्या नहीं पीने लगी हूँ! जिस समाज में अब रहने लगी हूँ, वहाँ सिगरेट तो दुधमुँहे बच्चे माँ का दूध छोड़ते ही पीने लगते हैं और सयाने कुल्ला भी करते हैं तो शराब से!"

राजेश्वरी उसे फटी-फटी आँखों से देख रही थी। दोनों एक ही वयस का माइलस्टोन थामे खड़ी थीं, किन्तु दोनों चेहरों में कितना अन्तर था! एक चेहरे को संयम और सच्चरित्रता के तेज ने ऐसा चमका दिया था कि वयस के दस वर्ष स्वयं ही घटकर रह गए थे, उधर असंयम की स्याही से स्याह बना दूसरा चेहरा, एक ऐसी थकी अधेड़ महिला का था, जो किसी भी पुरुष के स्कन्धों का सहारा पाते ही ढुलक सकती थी।

"क्यों राजी, क्या दद्दा के लिए कुछ भी नहीं पूछोगी?"

राजेश्वरी चुप रही, फिर भी उसकी चुप्पी से उद्दंड चन्द्रिका नहीं सहमी। उसकी ठंडी हथेलियों को सहलाती, वह फुसफुसाने लगी, "तू तो कुछ नहीं पूछती, पर इस बार उससे मिली तो उसने अम्माँ की कुशल पूछने से पहले तेरी ही कुशल पूछी। तू कहाँ है, तूने क्या सचमुच ही किसी हलवाई से शादी कर ली है? तेरा पति कैसा है, क्या तू मुझे चिट्ठी भी लिखती है? आदि-आदि और—एक तू है कि झूठे मुँह से ही उसकी कुशल नहीं पूछती। वह तुझे भूला थोड़े ही है! इसी से तो पी-पिलाकर, लिवर एकदम चौपट कर लिया है बदजात ने! एक दिन, अपने बड़े लड़के को देर से घर लौटने के लिए खूब डाँट रहा था। मैंने अकेले में छेड़ दिया, 'क्यों दद्दा, लड़के को तो मेरे सामने ही ऐसे डाँट दिया कि रुआँसा हो गया, पर क्या अपना लालकुआँ भूल गए?'

"हँसने लगा, बोला, 'उसे कभी भूल सकता हूँ, चन्द्री! मेरा बस चले तो उस स्टेशन का नाम बदलकर रख दूँ ताजमहल।' "

राजेश्वरी एक शब्द भी बिना कहे उठ गई। अपने उठने की मुद्रा से ही, उसने बिना कुछ कहे भी स्पष्ट कर दिया कि वह अब गड़े मुर्दे उखाड़ने

के मूड में नहीं है। दोनों सखियाँ, मन-ही-मन एक ही बात सोच रही थीं।

राजेश्वरी क्या अब पहले की राजेश्वरी रह गई है? नहीं तो दद्दा का नाम सुनकर क्या निर्विकार मुद्रा में बैठी रह सकती?—सोच रही थी चन्द्रिका।

उधर चन्द्रिका की बेहया वेशभूषा, फकाफक सिगरेट फूँकना और अनवरत बकर-बकर से राजेश्वरी उठकर जाने को व्याकुल हुई जा रही थी। जिस अतीत की डोरी, कटी पतंग की डोरी-सी ही उड़कर शून्य क्षितिज में विलीन हो गई थी, उसे फिरकर खींच भी लेगी तो हाथ क्या लगेगा? शायद यह नुची-फटी पतंग-सा ही फटे यथार्थ का टुकड़ा।

चतुरा राजेश्वरी ने हँसकर, उसकी बातों का प्रसंग ही पलट दिया, "तू शायद यह भूल गई है, चन्द्री, कि मैं अब एक विवाहयोग्य कन्या की माँ हूँ। इसी से तो पहाड़ आई हूँ, ताकि देखभालकर कोई लड़का ढूँढ़ सकूँ।"

"जैसा तूने अपने लिए ढूँढ़ा था या जैसा तेरी माँ ने तेरे लिए ढूँढ़ा था।" चन्द्रिका जान-बूझकर, उसकी बखिया उधेड़ने पर तुली थी।

राजेश्वरी कुछ कहती, इससे पहले ही परदा उठाकर चन्दन माँ को ढूँढ़ती आ गई थी, "अम्माँ, तुमने चाबियों का गुच्छा कहाँ रखा है?"

उसी के पीछे-पीछे, शान्ति अपने अतिथियों को, मेज पर लगे नाश्ते का तकाजा करने आ गई। चन्द्रिका के जाने तक फिर दोनों सखियों को आपस में उलझने का एकान्त नहीं जुट पाया।

चलते-चलते शारदा बहनजी की भाँति, चन्द्रिका भी उसे वैसी ही सीख दे गई थी, "राजेश्वरी, ऐसी सुन्दर लड़की को साथ लिए, इधर-उधर मत फिरा कर। जमाना बहुत सुविधा का नहीं है, अच्छा लड़का देखकर इसे ठिकाने लगा दे।"

राजेश्वरी, आत्मीय स्वजनों की बार-बार दी गई उस स्नेहपूर्ण चेतावनी से भी बुरी तरह झुँझलाने लगी थी। लड़का क्या आकाश से टपक पड़े? किन्तु बार-बार दोहराई गई वह सीख, उसे भविष्य के प्रति और भी सतर्क बना गई। अचेत में चल रहे निरन्तर संघर्ष ने विकट रूप ले लिया, अपने अन्तर के उस अमूर्त भय को न उसका चेतन समझ पाया, न उसने समझने की चेष्टा की। परिणामस्वरूप पुत्री पर उसका कठोर नियन्त्रण और कठोर हो गया।

कुछ दिन अलमोड़ा रहकर वह धारचूला चली आई। यहाँ आकर जैसे उसके

उलझे-थके चित्त को क्षणिक शान्ति मिल गई। एक अर्से से उसके पैतृक मकान में एक अध्यापक का परिवार रहता था, उसके आने के कुछ ही दिन पूर्व अध्यापक की बदली हो गई थी। जब राजेश्वरी ने प्रतिवेशी परिवार से चाबी लेकर मकान खोला, तब वह उसे साफ-सुथरा मिला। उसके पिता एक लम्बे अर्से से 'शौकीन' परिवारों से घुल-मिलकर एक प्रकार से स्वयं ही उनके रहन-सहन के रंग में रँग गए थे, इसलिए उनके मकान की बनावट में भी ठेठ 'शौक' मकानों की निर्माण-कला जीवन्त हो उठी थी। लाल वार्निश के शीशम के नीचे द्वार, तिब्बती द्वारपाल और शार्दूल बने काठ के झरोखे, और सबसे ऊपर मंजिल में बना 'मिलन' जो समृद्ध गर्ब्यांग निवासियों के ही 'मिलन' का नक्शा लेकर उसके पिता ने उन्हीं की सज्जा में सजाया था, आज भी हू-ब-हू वैसा ही धरा था। अध्यापक स्वयं 'शौक' था और शायद उसी से इस 'मिलन' की प्रतिष्ठा पर उसने आँच भी नहीं आने दी थी।

महिम प्रायः ही राजेश्वरी से कहा करता, 'लोग जापानियों के कलात्मक घर की सजावट की इतनी प्रशंसा करते हैं, पर क्या आज तक कभी किसी ने एक पंक्ति भी अपढ़ 'शौक' जाति की अनूठी कलाप्रियता पर लिखी है? शौक-परिवार का यह 'मिलन' जैसे एक ही साथ उनका ड्राइंग और डाइनिंग रूम होता है, वैसा ही महिम का अन्तरंग कक्ष भी था। ठीक उसी ढंग की बीचोबीच, हवन की-सी वेदी बनी थी, उस पर बने चूल्हे पर उबलती, मक्खन, दूध और नमक डली चाय कलात्मक पीतल के बने 'दौंगवो' में फेंट, एकदम एस्प्रेसो के झाग-से उठाकर चाँदी के गिलासों में अतिथियों को थमाई जाती। एकाएक हाथ की लिपी जमीन की दूरी छोड़, चौड़े-चौड़े 'मोश्टों' (चटाइयाँ) पर, स्वयं उसके माँ के हाथ के बुने मोटे गलीचों के घनत्व में अतिथि धँसकर रह जाते। फिर क्या ऐसे-वैसे अतिथि वहाँ प्रवेश पा सकते थे? विशिष्ट अतिथि, घनिष्ठ आत्मीय या अन्तरंग मित्र ही 'मिलन' की पावन परिधि को लाँघकर, प्रवेश-पत्र पा सकते थे। खाना समाप्त होता तो बड़ी सुघड़ लिपाई से अतिथियों की ही उपस्थिति में चौका लिप-पुत जाता और उसी चूल्हे में झोंक दी जाती—'दाऊ' की लकड़ियाँ। फिर कोने में बैठी स्त्रियाँ ऊन काततीं, बुनतीं और चीन, नेपाल से लौटे व्यापारी दल के अतिथियों की मनोरंजक किस्सागोई में डूबी दिन-भर की थकान तथा अपने प्रवासी पतियों की विरहाग्नि की व्यथा भूलकर रह जातीं।

गृह के पुरुषों की अनुपस्थिति में दूर से आक्लान्त पथिकों की अभ्यर्थना

में किसी प्रकार की त्रुटि न रहने पाए, इसका उन पोषिता पत्नियों को विशेष ध्यान रखना पड़ता। राजी के पिता भी, 'शौक' व्यापारियों की ही भाँति लम्बे दौरों पर कभी चले जाते, तिब्बत, चीन या नेपाल। अपनी छुट्टियों में वह माँ के साथ धारचूला चली आती और जिस परिवेश में जन्मी पली थी, उसमें आकर वह उस मछली की भाँति निश्चिन्त होकर तैरने लगती, जो कुछ देर के लिए पोखर से निकालकर फिर उसी में डाल दी गई हो। पूरी गर्ब्यांग घाटी में खेती की एक ही फसल होती थी, इसी से स्त्रियों के लिए अवकाश के मधुर क्षणों का अभाव नहीं था।

दिन-भर वह अपनी 'शौकिया' सहेलियों के साथ कातती, बुनती और 'मिलन' के रंगीन वातावरण में डूबकर रह जाती थी। पिता का व्यापार उनकी व्यवहार एवं व्यवसाय-कुशल बुद्धि का सहारा पाकर दिन-दुगुनी और रात-चौगुनी उन्नति करने लगा था। एक ही बन्दूक से उन्होंने न जाने कितने हजार की कस्तूरी बेच ली थी। इधर-उधर भटक, कस्तूरी-मृग के लिए प्रसिद्ध गर्ब्यांग घाटी के ओर-छोर छान, वे आए दिन कस्तूरी-मृग का शिकार कर, बेचने निकल पड़ते, कभी अमृतसर और कभी पानीपत। उधर 'कौगर' की मुलायम 'फर' के न जाने कितने निर्जीव संस्करण, विदेशी सुन्दरियों के स्कन्धों पर डाल, उन्होंने घड़ा-भर विदेशी-मुद्रा अपने 'मिलन' में गाड़कर रख दी थी। यही उनका बैंक भी था।

आज भी पिता के बनाए उस मकान में सबकुछ वैसा का वैसा ही धरा था, पर अब वह जैसे विदेश के प्रसिद्ध मोम के निर्जीव पुतलों की स्मृतियों का संग्रहालय मात्र रह गया था। चारों ओर निस्संग शून्यता में खड़े उसके सुनहले शैशव के साक्षी, पीपल के पेड़, बरगद की धूमिल जटाएँ, 'हराबा' (हर्र) और बराड़ा (बहेड़ा) की शीतल छाया में, रक्तिम पुष्पों की चादर-सी बिछाए 'दाऊ' के वृक्ष!

बीते शैशव की एक-एक पगडंडी पर वह उलटा मुँह किए पीछे की ओर चली जा रही थी। मिलिटरी ने खेत के खेत साफ कर दिए थे, पर अभी भी किसी पराजित वीर शासक के टूटे-फूटे दुर्गों की भाँति अचल खड़े थे, वे ही चिर-पुरातन सूखी घास के 'लूटे' कदली वन के झुरमुट और आँवलों से लदे-फँदे वृक्ष। बचपन में झुंड की झुंड किशोरी शौक्याणियों के साथ वह काली नदी में तैरने जाती और देखते ही देखते उसकी मर्कट सेना एकसाथ

लपककर एक-एक आँवला मुख में धरती, पेड़ को नंगा कर देती। वर्षों पूर्व आँवला मुख में धरकर ली गई काली के जल की मीठी घूँट सहसा इतने लम्बे अर्से के बाद उसके मुख का स्वाद तिक्त कर गई। दो मील की चढ़ाई पार करती वह 'तपोवन' के शिवालय में जो माँगने गई थी, वह क्या उसे मिल गया था? उत्तर-दक्खिन से खुली धारचूला की रम्य घाटी अब भी ज्यों की त्यों धरी थी! बीच से निकाली गई माँग की ही भाँति उसे दो भागों में विभक्त करती काली नदी, इठलाती अभी भी उसी भुजंगप्रयात के-से छन्द से चली जा रही थी, सामने दूसरे छोर पर दिखती नेपाल की सीमा में सजी 'धारचूला' की चोटी।

उसके आने की खबर पाने पर, एकसाथ ही, उसके पिता के परिचित कई मित्रों की पूरी टोली, उससे मिलने चली आई थी। कितने गर्ब्यांल, कुटियाल और नबियाल, बुदियाल बुजुर्गों की स्नेहपूर्ण आँखें, अपने प्रिय 'पोदपंचा' (बड़ा व्यापारी) की पुत्री को देखकर गीली हो गईं।

"याद है राजी, तू कैसे हमारे यहाँ से चुरा-चुराकर 'छर्तस्या' (सुखाया नमकीन गोश्त) ले जाया करती थी और एक दिन 'पोदपंचा' ने तुझे पकड़कर खूब पीटा था—और याद है राजी, जब मेरी 'कंच' (चाँदी की कटोरी) में तूने रुक्मिणी के साथ 'च्याक्ती' पी ली थी और नशा चढ़ने पर आधी रात तक नाचती रही थी?" सब याद था उसे! रुक्मिणी थी उसकी सुन्दरी शौक्याणी सहेली। वह उसे लेकर एक बार अपने कुँआरे छोटे मामा के साथ 'तपोवन' के रामकृष्ण आश्रम में क्या लेने गई थी और दुष्ट मामा ने, मालूशाही गा-गाकर रुक्मिणी को रुला दिया था।

'बाबा माँगी दी छैं
माँगी दे
सुनपता शौके की चेली—'

(ऐ मेरे पिता, मेरे लिए सुनपता शौक की बेटी का रिश्ता माँग दो।)

थोड़ी दूर चलकर फिर वह अन्तरा अलापता :

'बेटा काँ देखी
काँ सुंणी त्वीलै—
सुनपता शौके की चेली—
शौक देशा जोहारा देखी
बाकरूँ का ग्वाला देखी

बागश्यारा का म्याला देखी
सुनपता शौक की चेली–’

(अरे मेरे बेटे, तूने इस सुनपत शौक की सुन्दरी लड़की को कहाँ देख-सुन लिया? भला शौक की बेटी से उसके कुमय्या बेटे का विवाह कभी हो सकता है?)

इस बार रुक्मिणी का चेहरा क्रोध से तमतमा उठता और श्याम मामा फिर मूँछों पर ताव देते गाने लगते–मैंने तो उस लड़की को शौक जोहार में देखा है, बागेश्वर के मेले में देखा है और देखा है बकरियों के झुंड को हाँकते!

रुक्मिणी रो पड़ी थी, और कुछ दिनों तक उसने राजी के 'मिलन' की बैठक में आना स्वयं ही बन्द कर दिया था। पर राजेश्वरी का तो उसके बिना एक पल भी सार्थक नहीं था। चावल, गेहूँ और जौ की बनी उस गृह की अपूर्व 'च्याक्ती' की घूँट वह आज भी नहीं भूली थी। कपड़ों से मढ़कर, उबले अनाज की हंडिया में, 'बलमा' की खमीरी टिकिया डालकर कैसे स्वादिष्ट 'सोमौ' बनाई जाती है, और फिर कैसे वही मीठा रस छानकर बनती है 'दारू!' कैसी 'जुगली' की धार से, टप-टपकर टपकती बूँद से, जो पहली बोतल भरती है वही 'ब्रेंडी' कहलाती है, यह सब राजी अनायास ही सीख गई थी।

'एक अंग्रेज साहब तो एक बार हमें इसी पहली बोतल के पाँच सौ रुपये दे रहा था।'' रुक्मिणी ने उससे कहा था, पर बाबू ने उसे खूब डाँट दिया–'तुम्हारे बाप-दादे भी इसकी एक घूँट लेकर सीधे पैर नहीं रख पाएँगे साहब, यह क्या तुम्हारे देश की ब्रेंडी है?'

उसी बहुचर्चित घूँट की चोरी से गुटकी गई 'कंच' भरी ब्रेंडी ने राजी को आधी रात तक नचाया था। आज उसकी वह सखी रुक्मिणी, धारचूला की नेपाली घाटी में जाकर, सदा के लिए सो गई थी। आसपास अब भी तीन-चार शौक भाटिया परिवार बसे थे, पर वहाँ भी राजेश्वरी की अनुसन्धानी दृष्टि ने दो-तीन तरुण चेहरे देख लिए थे, इसी से उसने चन्दन को एक बार फिर बन्दिनी बना दिया। इन परिवारों के उन्मुक्त मनमौजी जीवन से वह परिचित थी। स्वयं उसका अतीत, जिसके स्नेह-सौजन्य की स्मृतियाँ अब भी सूम के धन की भाँति सेते, उसके साथ-साथ चला आ रहा था, उससे जैसे वह पुत्री को वंचित रखना चाहती थी। पर लाख कड़ाई बरतने पर भी

वह सयानी लड़की को क्या कमरे में बन्द कर सकती थी? फिर उद्दाम यौवन की तरंगों को आज तक कौन कमरे में बन्द कर सका है? वह गर्ब्याल मौसी की स्नेहपूर्ण छोटी-छोटी आँखों का सामान्य आमन्त्रण पाते ही, कभी-कभी माँ से बिना पूछे ही भाग जाती। उसे चिन्ता पुत्री के ऐसे पलायन की नहीं थी, चिन्ता थी तो उसी मौसी के हृष्ट-पुष्ट विदेश से लौटकर काठमांडू में ऊँची नौकरी पा गए पुत्र रणधीर की उपस्थिति की। दुर्भाग्य से वह भी छुट्टी लेकर, घर आया हुआ था। यह क्या उसकी करम-जली का दुर्भाग्य था, जो उसके कहीं जाते ही पास-पड़ोस के जवान छोकरे उसकी रूपवती पुत्री के इर्द-गिर्द भौंरों-से मँडराते, लम्बी छुट्टी लेकर घर आ जाते थे?

वैसे राजेश्वरी की यह कपोलकल्पना मात्र थी। रणधीर सिंह बेचारा क्या जानता था कि उसके पड़ोस में कोई उर्वशी पंख लगाकर अचानक आकाश से उतर पड़ी है। जिस दिन माँ-बेटी आईं, उस दिन बन्द घर की चाबी थमाने वह स्वयं ही आया था। यही नहीं, चन्दन को बार-बार देखता, वह अपने उजले दाँतों को स्वच्छ हँसी में चमकाता दो-तीन बार आकर पूछ भी गया था कि उन्हें किसी प्रकार का कष्ट तो नहीं है। उसकी माँ अपनी बीमार बड़ी बहन को दिखाने अलमोड़ा ले गई है और लौटने पर वह निश्चय ही उनके आराम का यथोचित प्रबन्ध कर देंगी। उसका कहना ठीक था। उस उदार स्नेही महिला ने अपनी जाति के एक-एक अदब कायदे कंठ किए थे, फिर राजेश्वरी फटाफट उसकी भाषा बोल सकती थी। किसी भी अज्ञात अपरिचित व्यक्ति को यदि अनायास ही वश में किया जा सकता है तो वह उसकी भाषा के वशीकरण से, पहले ही दिन उसने माँ-बेटी के लिए अपने 'मिलन' के द्वार खोल दिए।

''बेटी, मेरी भी एक तेरी ही-सी बेटी थी, भगवान ने उसे जन्म के सातवें ही साल अपने पास बुला लिया, मुझे तो देखकर यही लगता है कि मेरी मनसाबती ही फिर लौटकर आ गई है।''

पर राजेश्वरी यह सब सुनकर भी आश्वस्त नहीं हुई। आए दिन प्रतिवेशियों के 'मिलन' में चन्दन बड़े प्रेम से न्यौती जाने लगी। 'मिलन' के उन्मुक्त वातावरण को उसने स्वयं बहुत निकट से देखा था। जान-बूझकर ही वह कभी उसे लेकर दूर-दूर तक घूमने चली जाती और कभी अपनी ननिहाल। ननिहाल में एक टूटे-फूटे मकान में रहकर उसके दरिद्र मामा एक 'घट' चलाकर अपनी गुजर कर रहे थे। उस घर में अब और कोई भी नहीं

बचा था, मामी की बहुत पहले ही मृत्यु हो चुकी थी और मझले तथा छोटे मामा प्रवासी बनकर कलकत्ता-बम्बई के ही हो गए थे। इधर राजेश्वरी की बुद्धिमती प्रतिवेशिनी भी मन ही मन समझ गई थी कि उसे सुन्दरी पुत्री का उनके घर आना-जाना पसन्द नहीं है।

एक दिन जान-बूझकर ही उस मुँहफट महिला ने राजी को खूब सुना भी दिया था, ''राजी बहन, मैं तो सोचती थी, तुम बचपन से ही हमारे समाज में जन्मी-पली हो, शायद हमारे सरल स्वच्छन्द जीवन को निकट से देखकर परख चुकी होगी; पर देखती हूँ तुम भी हमें नहीं समझ पाईं।'' एक लम्बी साँस खींचकर बस वह फिर हँस-हँसकर कहती चली गई थी, ''हमारी जाति की मनमौजी मस्ती को सबने बदनाम ही किया, कोई भी हमें ठीक से समझ नहीं पाया। अगर किसी ने समझा, तो वह थे विदेशी। हम शौक्याणियों का स्वस्थ शरीर, हँसमुख चेहरों पर नित्य थिरकनेवाली हँसी देखकर ही परदेशी लोग सन्देह से भड़क उठते हैं। हमें इस हँसी के लिए क्या कुछ नहीं करना पड़ता? बुरा मत मानना, राजी बहन!'' उसने हँसकर राजी के हाथ पकड़कर कहा था, ''हमारे घर के मर्द, जब तीखी घाटियों में ऊन का व्यापार करने जान हथेली पर धरे घूमते हैं, तब क्या हम अपनी मस्ती में डूबी उन्हें भूल जाती हैं? दुःख तो दो तरह से सहा जाता है! एक चेहरा लटकाकर, मनहूसी में अपने को डुबाकर, और दूसरा हँस-खेलकर, किस्से-कहानी कह, कताई-बुनाई में अपने दुःख को भुलाकर! किसी की हिम्मत है, जो हमारे 'मिलन' में बैठी तुम्हारी पुत्री को कोई बुरी नजर से देख ले? वह यदि मेरा रणधीर भी होगा तो मैं स्वयं उसकी आँखें निकाल लूँगी।''

ग्लानि से क्षुब्ध होकर राजी ने फिर चन्दन को कभी नहीं टोका। कभी-कभी लाठी टेकते उसके वृद्ध पीताम्बर मामा स्वयं आकर भानजी की कुशल पूछ जाते। अपने बहनोई द्वारा केश पकड़, घसीटकर घर लाई गई इस रूपवती भानजी को उस रात उन्होंने भी तीन-चार झापड़ धर दिए थे। उसके बाद फिर वह उसे अब इतने सालों में देख रहे थे। प्रौढ़ा बनकर राजी का चेहरा बहुत कुछ उनकी मृत बहन से ही मिलने लगा था। अपनी मूर्खता से इस छोकरी ने माँ-बाप का असमय ही पटरा बैठा दिया था। पर समय कितनी तेजी से निकल जाता है, सोचने लगे थे पीताम्बरजी। जिसकी माँ उसके वर-सन्धान के लिए उनका हाथ पकड़कर उन्हें विभिन्न दिशाओं में धकेल उठी थी, आज वह स्वयं अपनी पुत्री के लिए वर ढूँढ़ने का आग्रह

करती, वैसी ही व्याकुल बन गई थी।

"मामा, अब मुझे इसी छोकरी की चिन्ता में रात-भर नींद नहीं आती।" कैसा आश्चर्य था! ठीक अपनी माँ के वे ही शब्द दुहरा रही थी छोकरी! पीताम्बरजी की दबी हँसी, भग्न दन्तपंक्ति से छलकती, सफेद मूँछों पर फैल गई। जी में आया, उससे पूछ लें, "क्यों री, तेरी चिन्ता में जो तेरी माँ ऐसे ही रात-रात भर जगी रही थी, और स्वयं तेरे ही अविवेक ने उसे ऐसे जगा-जगाकर एक दिन सदा के लिए सुला दिया था, वह क्या तू इतनी जल्दी भूल गई"—"जैसे ही हो, आपको इसके लिए अच्छा-सा घर-वर ढूँढ़ना है। मेरी इच्छा तो यही है कि अगले फागुन तक मैं इसे ठिकाने लगा दूँ।"

किन्तु अगले फागुन तक न चिन्तातुरा राजेश्वरी को रुकना पड़ा, न मामा को ही। झुकी कमर वर-सन्धान में और झुकी। जिस पुत्री के भविष्य के लिए वह अधपगली होकर प्रायः पूर्ण मतिभ्रमावस्था को पहुँच रही थी, उसी पुत्री के रूप ने स्वयं ही उसके लिए वर जुटा दिया, वह भी ऐसा कि कुछ पलों तक स्वयं राजेश्वरी को ही अपनी पुत्री के सौभाग्य पर विश्वास नहीं हुआ।

धारचूला में आए माँ-बेटी को दो महीने हो चुके वे। मामा कहीं से एक-आध वर ढूँढ़कर भी लाते तो अता-पता सुनकर ही राजेश्वरी का चेहरा लटक जाता। कोई वयस में चन्दन के बाप से कुछ ही वर्षों छोटा होता तो कोई दुहेजू। अलमोड़ा में राजेश्वरी की एक विधवा बुआ रहती थी, आज तक उसने कभी अपनी उस बुआ का स्मरण नहीं किया था, पर इधर मामा ने ही बतलाया कि बुआ बड़े-बड़े घरों में पंजीरी, मेथी के लड्डू और लवंगादि चूर्ण बनाकर फेरी लगाती हैं, बहुत सम्भव है कि वह किसी योग्य पात्र को जुटाने में उसकी सहायता कर सके।

चन्दन अँगीठी से चिपकी बैठी थी उस दिन, उसे फिर देर तक इधर-उधर घूमने के लिए अनुशासनप्रिया जननी ने कसकर डाँटा था। इसी से मुँह फुलाए वह कहीं से एक जीर्ण-शीर्ण फिल्मी पत्रिका जुटाकर अपनी आँखें जुड़ा रही थी, और राजेश्वरी अपनी उसी बुआजी को अपनी लम्बी स्मृति के लिए लाख-लाख बार क्षमा माँगती, कुँआरी चन्दन के लिए किसी योग्य पात्र की सन्धान-याचना सहज भाषा में पिरोती चिट्ठी लिख रही थी।

उस दिन कड़ाके की सर्दी पड़ रही थी। केवल 3,500 फुट ऊँचाई की वह घाटी, जिसे हलद्वानी की तराई की ही भाँति गर्म होना चाहिए था,

कभी-कभी गर्मियों में भी आश्चर्यजनक रूप से हिमशिला-सी बन उठती थी। जेठ का महीना था, पर मौसम की तुनुकमिजाजी देखकर लग रहा था कि अवांछित अतिथि बना पर्वतवासियों का वैरी, माघ का महीना ही घाटी में उतरकर असमय ही नाचने लगा है। दिन-भर शिला वृष्टि की तड़ातड़ ने पथरीली छत पर गोलाबारी की थी। अब आकांश शान्त था, किन्तु खिड़की के पट सामान्य रूप से खुलते तो साँय-साँय करती हवा शरीर को सहस्र भालों से कोंचने लगती। चन्दन ने उस दिन कह दिया था कि रात का खाना नहीं खाएगी, उसे अपच हो गया है। चिट्ठी लिखते-लिखते कनखियों से ही, मुँह फुलाए बैठी पुत्री की नब्ज पकड़कर राजी जान गई थी कि उसे कैसा अपच है। प्रतिवेशी परिवार के संग बैठ आधी रात तक गप्पें न मारने से ही उसे यह अपच हो गया था। ठीक है, एक दिन भूखी रहेगी तो कोई मर नहीं जाएगी छोकरी। अपच के लिए दी गई अनुशासन चूर्ण की चुटकी ने ही चेहरे पर झुँझलाहट की रेखाएँ खींच दी थीं। उसने स्वयं भी कुछ नहीं खाया। चाय का एक अधसेरी गिलास गटक, वह फिर केतली चूल्हे पर चढ़ाने जा रही थी कि किसी ने द्वार खटखटाया। कौन हो सकता है इतनी ठंड में? बाहर प्रकृति ने एक बार फिर ऊधमबाजी आरम्भ कर दी थी, पाव-पाव-भर के ओले पथरीली छत पर पटाखों-से चटक रहे थे। द्वार की कुंडी इस बार बड़े जोर से खटकी।

क्या वह रणधीर सिंह ही तो नहीं था? कुछ न कुछ बहाना बनाकर वह ऐसे ही आ जाता, कभी अखबार लेकर और कभी दियासलाई माँगने। आकर फिर क्या वह कभी सहज में टलता था? अगर अब भी वही होगा तो वह उसे द्वार से ही गर्दन मरोड़कर टरका देगी। पर इस बार वह नहीं था। जो गर्दन मरोड़ने का संकल्प कर उठ गई थी, उसे शायद पूरी एक ही ऊँचाई और एक दर्जन गर्दनें ही मरोड़नी पड़तीं, क्योंकि वहाँ तो पूरे एक दर्जन लगभग एक ही ऊँचाई और एक ही वर्दी के दस-बारह लड़के कन्धे पर बैग लटकाए ऐसे खड़े थे, जैसे पर्वतारोही दल के शेरपा हों।

पहले तो वह भौचक्की-सी उन्हें देखती ही रह गई।

यह क्या कोई फौजी टुकड़ी ही इधर भटककर आ गई थी?

"क्षमा कीजिएगा माँजी!" उनकी टुकड़ी का एक सुदर्शन आगे बढ़ आया। "हमारा पर्वतारोही दल दिल्ली से आया है, और अचानक इस अंधड़ में फँस गया है। क्या कृपा कर थोड़ी देर हमें अपने यहाँ सुस्ताने देंगी?"

उसकी बात पूरी भी नहीं निकली थी कि प्रबल प्रभंजन के एक साइक्लोनी तेजी से आए झोंके से उनकी विचित्र पोशाक को पैराशूट-सा फुला दिया। बरसाती के कपड़े से बने कोट, जिसमें मशीनी शकरपारे काटकर शायद रुई की मोटी-मोटी तहें बिछा दी गई थीं, हवा से फूलकर गैस के गुब्बारों से तन गए। साथ ही शिलावृष्टि और भी तेजी से ताबड़तोड़ छत पीटने लगी। झर-झार पाँगर के कठोर दाने ढालू छत से लुढ़कते-पुढ़कते धरा पर कत्थई चादर-सी बिछा गए और गुलाबी पुष्पों से लदा पंय्या का वृक्ष पल-भर में अंग झाड़, पुष्पों से गदराए यौवन को खोकर 'नीरस तरुवर विलसति पुरतः' बन गया। राजेश्वरी पल-भर को यह भी भूल गई कि कमरे के भीतर उसकी रूपवती राजकन्या बैठी है और दीवानखाने में जाते ही एकसाथ चौबीस तरुण आँखें उसे देख लेंगी। बरसते आकाश और गरजती शिलावृष्टि के नीचे खड़े बारह कमनीय चेहरे देखकर उसका सुप्त मातृत्व जग गया। उनकी वर्दी अब इतनी अधिक फूल गई थी कि राजेश्वरी को लगा, दूसरा प्रबल झोंका आते ही बारह के बारह छोकड़े हवा में उड़ जाएँगे। बेचारे परदेशी लड़के इतनी रात को—क्या वह द्वार से लौटा देगी?

"आ जाइए।" अब तक कार्पण्य से खोले गए द्वार उसने पूर्ण औदार्य से खोल दिए।

वर्षा में भीगे लड़के, थैंक्स, थैंक्स से दिशाएँ गुँजाते, जूते खोलकर दीवानखाने के गुदगुदे गलीचे में धँस गए।

जहाँ अपनी माँ को छोड़, जिसने कभी कोई दूसरा कंठ-स्वर सुना भी था तो शायद रणधीर सिंह का या पीताम्बर नाना का, वहाँ एकसाथ उतने गलों का ताजा कंठ-स्वर सुन चन्दन अपना कुतूहल नहीं रोक पाई। द्वार पर परदा तो था नहीं; वह भागकर द्वार पर खड़ी हो गई, साथ ही चौबीस आँखें उसके औत्सुक्य-मिश्रित कुतूहल से और भी भोले बन गए, कमनीय चेहरे पर नग-सी जड़ गईं। अचकचाकर राजेश्वरी उठकर भीतर गई और पुत्री को भी न जाने क्या कहकर साथ लेती गई। माँ-बेटी के जाते ही उस पुराने ढंग से बने दीवानखाने की नई भीड़ में द्वार पर पल-भर को खड़ी उर्वशी को लेकर गरमागरम बहस चल पड़ी।

कोई कहता—यह निश्चय ही उसकी बेटी है।

दूसरा कहता—अरे आशावादियो! क्यों बालू में किला बाँधते हो, हो सकता है, हम सबकी बदनसीबी से वह मकान-मालकिन की बहू हो! पहाड़

में तो ऐसी छोटी कच्ची उमर की बहुएँ होती हैं।

साथ ही एक दबा ठहाका गूँज उठा। उसी ठहाके को उसके कमरे में आते ही पुनः कंठ में खींच लिया गया है, यह चतुरा राजी समझ गई।

तब क्या उसी की हँसी उड़ाने लगे थे ये छोकरे! वह अब कर ही क्या सकती थी? 'जब कभी कुछ विवशता से ही करना पड़े, राजेश्वरी!' उसकी पथप्रदर्शिका शारदा बहनजी कहा करती थीं, 'डू इट विद ग्रेस? क्या फायदा है मुँह लटकाकर, झुँझलाकर, उस विवशता को निभाने में? हँस-खेलकर भी तो वह विवशता झेली जा सकती है?' वह अपनी अदर्शी गुरुआइन की सीख को सिर-आँखों पर झेलती, बड़ी-सी अष्टकोणी पहाड़ी सग्गड़ में धधकाते बाज के सूखे फूल और दहकते कोयले सजा लाई।

"आप लोग आराम से हाथ-पैर तापें, मैं अभी चाय बनाकर ले आती हूँ।" थोड़ी देर में वह बारह गिलास गर्म, नमकीन मक्खन डली चाय लेकर आ गई, "इस चाय को पीते ही आप अपनी थकान भूल जाएँगे।" उसने हँसकर एक-एक को गिलास थमा दिया और फिर खाली थाली लेकर उठ गई। "मैं थोड़ा पानी और चढ़ा आऊँ, आपमें से कोई शायद दूसरा गिलास पीना पसन्द करे।" वह चली गई।

"बड़ी पक्की है यार!" वही अगुआ अपने साथियों को फिर एक कहकहे के जलजले में धँसा गया, "लगता है, चाय का दूसरा राउंड देने भी सुसरी खुद आएगी। उस लड़की को क्या चूल्हे में गाड़ आई है?" रसिक प्रश्न अभी सबको गुदगुदाकर शान्त नहीं हुआ था कि सचमुच ही वह दूसरी बार भी स्वयं ही चाय भरी केतली लेकर आ गई। वर्षा रुक गई थी, दो-तीन बार आकर राजेश्वरी उन्हें हिंट भी दे गई थी, पर वे अनजान बने गुदगुदे गलीचे पर गठरियाँ बने लुढ़कने लगे। रात के दस बज गए थे, अब वह इतनी रात गए उन्हें जाने के लिए कह भी कैसे सकती थी? पल-भर की मूर्खता का अब उसे गहरा मूल्य चुकाना पड़ रहा था। वह तीसरी बार उन्हें देखने आई तो वे पीठ के बँधे झोले उतार, स्वयं ही जीन-लगाम-काठी-विहीन अश्वदल की भाँति अस्तबल की जुगाली में रम चुके थे। कोई सिगरेट फूँक रहा था, कोई पैर पर पैर धरे गुनगुना रहा था, और कोई हाथ-पैर फैलाकर चारों खाने चित्त हो गया था।

उसे अचानक कमरे में देखकर वह समझ गए कि राजेश्वरी उन्हें नम्रतापूर्वक धकियाने-सी चली आई है। चन्दन को न देखा होता तो वे शायद

चाय पीकर अपना रास्ता नाप लेते, पर अब अनजाने ही उनके पैरों में बेड़ियाँ पड़ गई थीं।

"माँजी!" उनका वही अगुआ खड़ा होकर हँसता हुआ राजेश्वरी की ओर बढ़ आया। कुछ उसके सुस्पष्ट अंग्रेजी के उच्चारण ने और उसके बचकाने चेहरे की लुनाई ने उसकी याचना को और भी आकर्षक बना दिया, "लगता है, आज रात का कष्ट हमें आपको और देना ही पड़ेगा। देखिए न, मौसम कैसा पैंतरा बदल रहा है।" सरासर बोले जा रहे सफेद झूठ का खोखलापन स्वयं छोकरे की दुष्ट हँसी में मुखर हो उठा था। आकाश एकदम साफ था, छत पर पानी तो दूर, ओस की बूँद भी नहीं टपक रही थी।

"हम यहाँ एकदम अनजान हैं।" उसने पारसी थिएट्रिकल कम्पनी के किसी छोकरे अभिनेता के ही चातुर्य से दयनीय कंठ-स्वर को लड़कियों की भाँति कँपा लिया, "वैसे तो उत्तराखंड के कमिश्नर साहब ने स्वयं हमें एक चिट्ठी दे दी है।" उसने अपनी जेब से एक मोटा लिफाफा भी निकालकर दिखा दिया, जिससे राजेश्वरी को विश्वास हो सके वे कोई उठाईगीरों की पार्टी नहीं है। "जहाँ-जहाँ इन्सपैक्शन हाउस हों, वहाँ-वहाँ हमारे लिए खोल दिए जाएँ—पर आप ही बताइए, संसार के किस इन्सपैक्शन हाउस में ऐसी बढ़िया चाय मिल जाती?"

राजेश्वरी उस चतुर वाचाल किशोर की डिप्लोमेसी देखकर मुग्ध हो गई। उसने कुछ नहीं कहा, केवल उसे देखकर मुस्कुराती खड़ी रही। उसी स्मित के आश्वासन से प्रोत्साहित होकर छोकरे का टेप रिकार्डर फिर चालू हो गया, "खाने की आप चिन्ता न करें, हमारे साथ आज की ही नहीं, पूरे दो महीने की खुराक, डिब्बों और विटामिन की गोलियों के रूप में साथ चल रही है। सोने के लिए हमारे पास स्लीपिंग बैग्स हैं। सुबह उठते ही हम चल देंगे।" याचना ऐसी शिष्ट भाषा में की गई थी, और याचक का बचकाना चेहरा ऐसा प्यारा भोला-सा था कि राजेश्वरी के 'हाँ' या 'ना' कहने का प्रश्न ही नहीं उठता था, वैसे उस भोले चेहरे से स्वामी की जेब में बोतल में जो 'गंगाजल' भी साथ-साथ चल रहा था। अनादि संस्कारशीला राजेश्वरी तो उसे निश्चय ही गरदनिया देकर बाहर निकाल देती, पर वह तो उस चेहरे की माया से ही बँध गई थी। उसकी उजली हँसी, उसे ऐसे ही एक कैशोर्योज्ज्वल तरुण की हँसी का स्मरण दिलाती, उसके कलेजे में एक मीठी टीस-सी उठा गई थी। बारह लड़के रात-भर यहाँ रह भी गए तो कौन-सा

उसका दीवानखाना घिस जाएगा! न होगा तो एकसाथ बारह जोड़ी जूतों के साथ आ गई धूल ही तो झाड़नी पड़ेगी?

"आप लोग शौक से सोएँ, मैं सुबह बहुत तड़के उठ जाती हूँ, आपको जाने से पहले चाय पिला दूँगी।" चतुरा राजी ने स्पष्ट कर दिया कि वह तड़के ही उन्हें चाय पिलाकर विदा कर देगी।

"धन्यवाद, धन्यवाद!"

कई कंठों से गूँजते धन्यवाद के पुष्पहारों से लदी-फँदी वह अपने कमरे में लौट आई तो देखा चन्दन पीठ फेरकर सो रही है।

"चन्दन!" उसने पुकारा, पर वह सचमुच ही गहरी नींद में डूब गई थी, यही उस लड़की का सबसे बड़ा गुण था, चाहे कितनी ही डाँट-फटकार पड़तीं, रात होते ही वह सबकुछ भूल-भाल, तकिए पर सिर रखते ही बच्ची-सी नींद में लुढ़क पड़ती। उसकी यह बाल-सुलभ निद्रा, माँ के चित्त में शत्रु से छिपे अमूर्त्त भय को लाठी लेकर खदेड़ देती थी। यदि सचमुच ही वह पंचशर से बिंधी होती तो क्या ऐसी चैन की नींद में डूब सकती थी? उसने द्वार पर चिटकनी लगा दी और बेखबर सो रही पुत्री को एक ओर खिसकाती उसके साथ सो गई।

दीवानखाने से उमड़ती हँसी का स्वर तैरता आ रहा था और जो जनशून्य गृह, शाम से छह ही बजे से, भाँय-भाँय कर काटने को दौड़ता था, वह आज ऐसा गुलजार था, जैसे कोई बारात का जनवासा उतर आया हो। बेटी सो रही थी, पर माँ की आँखों में नींद नहीं थी। उसे अपना बियाबान घर, आज बचपन में पढ़ी गई स्वार्थी दानव के बगीचे की कहानी का स्मरण दिला रहा था, जहाँ हर सूखे पेड़ की टहनियाँ, बच्चों के चढ़ते ही फल-फूलों से लदी, लहलहाने लगी थीं। एक बार उसके जी में आया, वह पिता के गोदाम में धरे कम्बलों के ढेर उठाकर अतिथियों को दे आए। बेचारे पहाड़ की ठंड से अनभ्यस्त लड़के जाड़े में थुरथुरा रहे होंगे। पर फिर दूसरे ही क्षण उसके सनकी चित्त ने उसे सावधान कर दिया, 'बहुत आराम दे दिया तो कल देर तक सोते रहेंगे।'

वह करवट बदलकर सोने की तैयारी कर रही थी कि द्वार पर किसी ने दस्तक दी। सोई चन्दन को एक ओर धकेलती वह साड़ी सम्हालती उठी और द्वार के आधे पट खोलकर खड़ी हो गई। निश्चय ही उस पर्वतारोही दल का लड़का कुछ ओढ़ने-बिछाने के लिए माँगने आया होगा। उसका

अनुमान ठीक था।

सिर से पैर तक, मिरजई से ढँका, उन्हीं बारह लड़कों में से एक लड़का हँसकर कहने लगा, "क्षमा कीजिएगा माँजी, मुझे असल में आपसे बहुत पहले ही कह देना चाहिए था—कैन आई स्लीप विद योर डॉटर?"

राजेश्वरी यदि उतनी गम्भीर और वैसी धैर्यवती संयमी महिला न होती, तो शायद एक मुक्का मारकर, वहीं उस बेहूदे छोकरे की बत्तीसी उसके पेट में डाल देती, पर वह एक लम्बे अर्से से कॉलेज की प्रिंसिपल के पद पर रहती चली आई थी। उसकी लड़कियों की कॉलेज-बस पर, पथराव के साथ, खुशबूदार नीले गुलाबी लिफाफे फेंकनेवाले, सीटियाँ बजाकर अश्लील रिमार्क कसनेवाले, ऐसे बीसियों छोकरों से उसका दिन-रात पाला पड़ता रहता था। फिर सरकारी नौकरी से पूर्व वह कई प्राइवेट स्कूल-कॉलेजों में भी काम कर चुकी थी, उन स्कूलों के कुछ मैनेजर भी, किसी अंश में उन बेहूदे सीटी बजाने वाले छोकरों से कम नहीं थे। अपने क्रोध को उसने उन्हीं परिस्थितियों में जीतकर ऐसा पालतू बना लिया था कि उसके गाल पर कोई चाँटा मार भी देता तो अब वह हँसकर बड़ी स्वाभाविकता से अपना दूसरा गाल बढ़ा सकती थी।

उस अनजान छोकरे ने ग्यारह बजे रात को एक ऐसा बेहूदा प्रस्ताव कर दिया था, पर वह एक अक्षर भी नहीं बोली। वैसे भी क्रोध आने पर, वह कभी मुँह से नहीं बोलती थी, उसकी आँखें ही सबकुछ कह लेती थीं।

उसका चेहरा तमतमा गया और आँखों से निकली तीव्र क्रोध की लपटों ने द्वार पर खड़े दुःसाहसी छोकरे को वहीं भूँज दिया। वह अचानक ठठाकर हँसने लगा और बोला, "ओह, समझ में आया, कैसी मूर्खता कर दी थी मैंने!" और फिर वह पटापट अपनी विचित्र वर्दी की लम्बी जिप को सरसराकर खोलने लगा। राजेश्वरी काँप गई। यह क्या? यह बेहूदा छोकरा क्या उसी के सामने नंगा हो जाएगा? हड़बड़ाकर वह द्वार बन्द करने लगी, पर तब तक खुली वर्दी, बाँस खोलकर ढहा दिए गए किसी छोटे तम्बू की ही भाँति नीचे ढहकर गठरी-सी बन चुकी थी। राजेश्वरी ने देखा, उसके सामने कोई लड़का नहीं, छरहरे शरीर की उस लड़के की-सी ही आकर्षक सूरत की एक साँवली हँसमुख लड़की खड़ी थी।

"अभी भी विश्वास नहीं हो रहा है क्या आपको?" इस बार अपने और भी आकर्षक स्मित की प्रत्यंचा खींच, उसने अचूक निशाना साधा। वर्दी की

मंजूषा में छिपी, एक से एक बढ़िया बाजीगरी के प्रसाधन निकालती, वह बातों के मनोहारी विभ्रम में उसे बाँधने लगी। अपने टर्टल नेक (Turtle neck) के स्वेटर के बीच से उसने इस बार किसी संपेरे की ही-सी मुद्रा में छिपी मोटी चोटी खींचकर अपने सुडौल वक्षस्थल के उभार पर लटका दी और ठीक जैसे मदारी कहता है; उसी मीठे अन्दाज में, वह चपला किशोरी चोटी हिलाती अपनी माँ की वयस की राजेश्वरी हो हँस-हँसकर छेड़ने लगी, "असली पदमनाग है, सरकार! गोरखपुर के जंगल से पकड़ा है, किसी को सूँघ भी ले तो अभागा वहीं तड़पकर जान दे दे। जय गुरु गोरखनाथ!"

इस बार पलंग पर चन्दन खिलखिलाकर हँस पड़ी, "क्या बेवकूफी कर रही हो अम्माँ! उन्हें अन्दर तो आने दो। देखती नहीं, ठंड से काँप रही हैं?"

वह बड़ी देर से जगकर धृष्ट प्रस्ताव का आरम्भ और मैलोड्रैमेटिक अन्त सुन रही थी।

कृतज्ञता से उसे देखती वह धृष्टा किशोरी राजेश्वरी के हाँ या ना कहने से पूर्व ही जमीन पर गिरी वर्दी उठाकर भीतर आ गई।

"अब आप ही बताइए, माँजी!" वह कहने लगी, "उतने सारे लड़कों के बीच में भला कैसे सो सकती थी? पर्वतारोही दल में मैं ही एकमात्र लड़की हूँ।"

'नाक कटकर झड़ नहीं जाती यह कहते?' राजेश्वरी ने मन ही मन दाँत पीसकर कहा, 'क्या हुआ था, जो इतने सारे पांडवों के बीच द्रौपदी बनकर आ गई?' पर मुँह से वह एक शब्द भी नहीं बोली।

"अम्माँ, तुम यहाँ सो जाओ, हम दोनों ऊपर के गोदाम में सो जाएँगी, वहाँ ओढ़ने-बिछाने को सब धरा ही है।"

और चन्दन उसे लेकर ऊन के गोदाम में ऐसी स्वाभाविकता से चली गई, जैसे वह उसकी सगी ममेरी-मौसेरी बहन हो। राजेश्वरी पलंग पर लेट तो गई, पर रात-भर उसके शंकालु स्वभाव का भूत उसकी छाती पर चढ़ा ही रहा।

'क्या पता छोकरा कोई सरदार हो?' पर दूसरे ही पल स्वयं उसका विवेक उसके सनकी मूर्ख चित्त की सहस्र धमनियों से धज्जियाँ उड़ा गया।

अपनी चौकन्नी दृष्टि से तो उस बेचारी को एकदम नंगा कर एक्स-रे उतार लिया और फिर भी तुम्हें सन्तोष नहीं हुआ? कोई सरदार किशोर चाहे कितनी ही भोली सूरत क्यों न हो, क्या विधाता-प्रदत्त उस सुडौल अंग-विन्यास

के उतार-चढ़ाव को कहीं से उधार माँगकर ला सकता था?

गोदाम का कमरा सबसे ऊपर की मंजिल पर था और आधी रात को शक्की राजेश्वरी दबे पैरों जाकर, उस कमरे के बाहर, कान सटाकर खड़ी भी हुई थी। दो हमउम्र लड़कियाँ एकसाथ मिल जाएँ तो संसार की कौन-सी शक्ति उन्हें चुप रख सकती है? उनकी मैत्री चिर-पुरातन हो या चिर-नवीन, वे पल-भर में जिस आश्चर्यजनक स्वाभाविकता से घुल-मिलकर कच्चे गलों की हँसी से दीवारें ढहा देती हैं, वैसी ही हँसी सुन आश्वस्त होकर राजी अपने पलंग पर आकर सो गई। ठगनी नींद भी उसे छलती रही। फिर यह तो ठीक था कि दोनों इस रात के बाद शायद जिन्दगी-भर कभी नहीं मिल पाएँगी, पर उसने तो अपनी भोली लड़की को नई वहशी सभ्यता से एकदम ही अछूती रखा था और उस सभ्यता की छूत तो एक ही रात में लग सकती थी।

उसकी यह आशंका इस बार निर्मूल नहीं थी।

दूसरे दिन पर्वतारोही दल विदा हुआ तो दोनों, एक-दूसरे के बारे में बहुत कुछ जान चुकी थीं। चन्दन के साथ रात-भर सोनेवाली का नाम सोनिया था। न भाषा और व्यवहार में वह पहाड़ी थी, न रंग-रूप में, फिर भी वह उतनी ही पहाड़ी थी, जितनी चन्दन। वर्षों पूर्व, उसके दादा दिल्ली में जाकर बस गए थे। अब उसके पिता, वहाँ के समृद्ध व्यवसायी थे। वह स्वयं, माता-पिता की इकलौती पुत्री थी। पढ़ने में उसकी विशेष रुचि नहीं थी, इसीलिए वह चंडीगढ़ की किसी प्रसिद्ध गृहप्रशिक्षण संस्था में गृहशिक्षा का कोर्स कर रही थी।

"हाय क्या गृहशिक्षा के भी कॉलेज होते हैं?" भोली चन्दन, आज पहली बार, उस विचित्र प्रशिक्षण के विषय में सुन रही थी। गृहशिक्षा भी क्या सीखनी पड़ती होगी? यहाँ तो उसकी माँ ही ऐसी चलती-फिरती संस्था थी।

"तुम क्या बिना किसी से सीखे ही खाना-बाना सब बना लेती हो?" सोनिया ने आश्चर्य से पूछा। स्वयं उस निपुणा नागरिका ने, मेज पर काँटे-छूरी के विदेशी मापदंड में निर्धारित स्थिति को रटने में दो वर्ष बिता दिए थे।

"और क्या?" चन्दन ने हँसकर कहा था, "खाना पकाना भी भला पहाड़ की लड़कियों को सीखना पड़ता है!" वह तो मैं अम्माँ को देख-देखकर ही सीख गई थी।

'तब ही तो!' सोनिया ने मन ही मन कहा।

वह तो अपनी अम्माँ से सीख सकती थी, किन्तु सोनिया बेचारी अपनी माँ से सीख ही क्या सकती थी? भाभी, साल में छह महीने विदेश घूमती रहती और मम्मी? वह क्या अपने लिए एक अंडा भी उबाल सकती हैं?

पर यह लड़की तो सचमुच ही गजब की थी। सुबह हुई और वह चौके में चली गई। पीछे-पीछे जाकर, सोनिया खड़ी हो गई, और माँ-बेटी की कार्यकुशलता देखकर दंग रह गई।

एक, चूल्हे में लकड़ियाँ खिसकाकर, धप्प से सधी लौ निकाल देती, जैसे गैस का चूल्हा हो। दूसरी, चटपट दर्जन-भर गिलास माँज, किसी कैंटीन के स्वामी की दक्षता और अन्दाज से, मुट्ठी-भर चाय की पत्तियाँ छोड़, दर्जन-भर गिलासों में सुनहली चाय छलका देती।

इस बार भी, खुद, दीवानखाने में चाय पहुँचाने, राजेश्वरी धोती सँभाल ही रही थी कि चील का-सा झपट्टा मार, गिलासों से सजी दो थालियों में से एक को चन्दन ने उठा लिया और दूसरी को सोनिया ने। इससे पहले कि राजेश्वरी आँखों के अंकुश से चन्दन को कोंचती, वे दोनों जा चुकी थीं। चाय गर्म है या ठंडी, चीनी कम है या ज्यादा, वह सोचने के लिए फिर समय ही किसे था?

अपने सौन्दर्य की अपूर्व दिव्य छटा विकीर्ण करती, इस नवोदित बाल-सूर्य की अरुण रश्मियाँ माँ के आते ही फिर अँधेरे कमरे की बदली में छिप जाएँगी, यह वे दिल्ली के चतुर नटवर नागर जान गए थे। एक साथ ही ग्यारह हाथ, सोनिया की चाय छोड़ चन्दन के परिवेशित थाल पर भूखे कंगलों-से ऐसे टूट पड़े कि थाली हिलकर, चाय लानेवाली की मीठी ढेर सारी हँसी छलककर पूरे कमरे में बिखर गई।

"दाँत तो देख सोनिया, लगता है, एकदम मम्मी के बसरावाले पर्लस्ट्रिंग हैं।" वही सुदर्शन लड़का बहन के कानों के पास, फुसफुसाकर कहने लगा, जिसकी सुमधुर याचना ने कठोर राजेश्वरी को भी जीत लिया था।

"क्यों? कहो तो यह स्ट्रिंग भी मम्मी के कलेक्शन में एड कर दी जाए, क्यों क्या ख्याल है तुम्हारा?" बहन ने हँसकर कहा और तब ही कमरे में अचानक टपक पड़ी राजेश्वरी ने देखा, दोनों शहरी चेहरे उसकी पुत्री को देखते, न जाने कौन-सी मन्त्रणा में फुसफुसा रहे हैं।

"चन्दन जा, चूल्हे पर दूध रख आई हूँ, वहीं बैठकर देखती रहना, कहीं

उबाल न आ जाए।'' माँ की कठोर दृष्टि को देखते ही चन्दन समझ गई कि उतने सारे लड़कों की बैठक में उसकी उपस्थिति ने माँ को अप्रसन्न कर दिया है और उनके जाते ही कभी भी वे उस पर बरस पड़ेंगी।

इधर सब व्यर्थ मनाते रहे कि चूल्हे की तेज आँच में जल्दी से दूध उबालने वाली, कड़ाही उतारकर एक बार फिर उनके बीच आ जाए; पर वह नहीं आई।

वह आती या न आती, पर्वतारोही दल की विदा से ठीक पन्द्रहवें ही दिन, राजेश्वरी को ढूँढ़ती एक ठाठदार 'शेव' आकर उसके द्वार पर खड़ी हो गई।

राजेश्वरी, पहले तो हक्की-बक्की-सी रह गई। दिन-भर, माँ-बेटी ने कमरों की लिपाई-पुताई की थी। जब ढूँढ़ने पर भी, राजमिस्त्री नहीं मिले तब राजेश्वरी ने स्वयं ही बाजार से गारा-चूना लाकर, कमर कस ली।

राजेश्वरी दो महीना रहकर भी, जब पुत्री के लिए कोई सुपात्र नहीं जुटा पाई, तब उसने हारकर हथियार डाल दिए। वर तो नहीं मिला, पर सम्भ्रान्त किरायेदार मिल गया था। उसी को घर साफ-सूफकर सौंप, वह बोरिया-बिस्तरा बाँध प्रत्यावर्त्तन का संकल्प कर चुकी थी। साथ ही छुट्टियाँ भी खत्म हो चली थीं।

एक फटी-सी धोती पहने, वह हाथ का चूना, झावें से घिस-घिसाकर बहा रही थी। उधर, एक गुलाबी चूड़ीदार और ढीले कुर्ते में सलोने चेहरे पर, चूने-गारे की अपूर्व कशीदाकारी छिटकाती चन्दन, बालों को गर्द से बचाने को गुलाबी चुन्नी का साफा-सा बाँधे एक टूटी अधेड़ रस्सियों से बँधी सीढ़ी पर चढ़ी, माईकेल ऐंजेलो की-सी आत्महारा लगन से पहाड़ी मकान की ऊँची छत को रँग रही थी। वैसे राजेश्वरी कभी उसे चूड़ीदार नहीं पहनने देती थी। एक तो छोकरी उस मुसलमानी पहरावे में और भी सुन्दर लगने लगती थी; दूसरे, जिस स्नेही मुस्लिम परिवार ने, उसे वह अनुपम जोड़ा ईद पर सिलवाकर भेंट किया था, उसे वह फूटी आँखों नहीं देख सकती थी। पर चूँकि उस दिन कमरे में बन्द रहकर काम करना था और रणधीर सिंह भी काठमांडू चला गया था, इसी से राजी को पुत्री के वह परिधान ग्रहण करने में, कोई आपत्ति नहीं रही थी।

ऐसी भड़कीली गाड़ी, धारचूला में पहली बार आई थी, इसी से बच्चों के साथ-साथ, सयानों का भी झुंड, गाड़ी को गाइड करता, ठीक राजी के

द्वार तक ले आया था।

"राजेश्वरी देवी, क्या इसी मकान में रहती हैं?"

"आइए," वहीं पर हाथ धो रही थी राजी। आँचल से हाथ पोंछती राजेश्वरी के लिए अभ्यर्थना के अतिरिक्त और कोई चारा भी नहीं रह गया था। न वह भीतर भाग सकती थी, न बाहर। उठने की हड़बड़ी में जीर्ण साड़ी का एक बहुत बड़ा भाग, निर्लज्जता से चरचराता चर्र कर फटता गया और वह सम्मुख खड़ी, लाल रेशमी साड़ी में अग्निशिखा-सी लपटें मारती, उस युवती के सम्मुख कटकर रह गई।

"आई वाज राइट मम्मी, ये ही मकान है।" अब चौंककर, राजेश्वरी ने दुबारा सम्मुख खड़ी उस युवती को देखा।

वह बड़ी धृष्टता से मुस्कुराई, "नहीं पहचान सकीं न? अभी पन्द्रह दिन पहले तो आपके यहाँ रहकर गए हैं, इतने ही दिनों में भूल गईं।"

वह फिर हँस-हँसकर कहने लगी, "फिर हम बिना पर्वतारोहण के ही घर लौट गए। मौसम बेहद बुरा हो गया था। घर पहुँचते ही हमने अपने आतिथ्य की और आपकी रूपवती पुत्री के रूप की, मम्मी से इतनी तारीफ की कि वे स्वयं ही आपसे मिलने भागती चली आईं। अभी तो हमारे दल में पूरे दस लड़के हैं—एक-एक कर, शायद प्रत्येक कुँआरा सदस्य अपनी मम्मी को आपके पास भेजेगा!" और वह फिर ठठाकर हँसने लगी।

"चुप कर," हाथ का विराट बटुआ हिलाती, पुत्री से कहीं अधिक आकर्षक, एक अन्य महिला के ऐश्वर्य-मंडित चेहरे को देखकर, सहसा राजी को अपनी फटी धोती का स्मरण हो आया।

"आप भीतर चलकर बैठें, मैं एक मिनट में साड़ी बदलकर आती हूँ। असल में, छोटी जगह है। राज-मिस्त्री, सहज में जुटते नहीं, रंग, चूना, सब काम खुद ही सँभालना पड़ता है।" वह अपने अस्वाभाविक कार्य-कलाप की कैफियत देती उन्हें भीतर ले चली।

सोपानारूढ़ा चन्दन सीढ़ी पर बैठी उनका विचित्र वार्तालाप सुन रही थी। उसकी समझ में ही नहीं आ रहा था कि वह चूने की बाल्टी और हाथ की झाड़ू लिए नीचे उतर आए या वहीं दुबकी रहे। अम्माँ अतिथियों को लेकर भीतर जा रही थी, वह उनके जाते ही, नीचे उतर पिछवाड़े के मार्ग से अपने कमरे में जाकर अब कपड़े बदल सकती थी। पर उसी योजना की ललक में न जाने कब उसका हाथ काँपा और कब टप से चूना सनी झाड़ू माननीय

अतिथि-दल के चरन चूम उठी। लाल रेशमी साड़ी पर चूने का 'बातिक' बिखर गया।

महिमामयी माता और पुत्री की आँखें एकसाथ ऊपर उठीं और अनाड़ी मिस्त्री के सलोने चेहरे पर जड़ गईं।

सोनिया जोर से हँसने लगी, "लुक ऐट हर, मम्मी! कहा था न मैंने? इजन्ट शी ए ब्यूटी?"

और पुत्री की जन्मदात्री को समझते देर नहीं लगी कि क्यों उसके पुत्र ने उसे एक प्रकार से धक्का देकर, इतनी ठंड में भेज दिया था। वही पुत्र, जो पुत्र होकर भी, कभी-कभी शत्रु का-सा बन, उसके चित्त को सालने लगता था। दो वर्षों से माँ-बेटे में बोलचाल, एक प्रकार से बन्द ही थी। जो वह कहती, विक्रम ठीक उसका उलटा करके रख देता। पर इस बार उसने स्वयं सोनिया से माँ को सन्देशा भिजवाया था कि वह पहाड़ में जिस लड़की को देख आया है, उसी का रिश्ता माँ जाकर माँग लाए। रुक्मिणी जैसे आकाश से गिरी थी। यह क्या सुन रही थी वह! आखिर, उसका जंगली बिलाव-सा बेटा, ऊँचे पेड़ से नीचे कूद ही आया?

दो पुत्रों और एक पुत्री की शिक्षा में उसने कोई कसर नहीं छोड़ी थी। छुट्टियों में दोनों बेटे अपनी पब्लिक स्कूल की अंग्रेज वर्दी में चमकते घर लौटते तो उसे बड़ा सन्तोष होता। फटाफट अंग्रेजी बोलनेवाले, माँ को उठते ही 'गुड मॉर्निंग' और 'गुड नाइट' के गुलदस्ते भेंट करनेवाले, उसके ऐंग्लो-इंडियन-से ही लुभावने चेहरे-मुहरेवाले दोनों राजपुत्र, युवा होने पर माँ को न जाने किन-किन उपहारों से लादकर रख देंगे। पर जब, यथार्थ ने विपरीत पैंतरा बदलकर रुक्मिणी की छाती में ही खंजर झोंक दी, तो वह सँभल भी नहीं पाई। वयस के साथ-साथ पुत्रों की अबाध्य दुरन्त गतिविधि में निरन्तर विकास होने लगा था। बार-बार, उनके विदेशी प्रिंसिपल की चेतावनी आती रहती, किन्तु रुक्मिणी तो कब की कानों में रुई ठूँसे पड़ी थी। पति के व्यवसाय ने गृह में समृद्धि की नहर खोलकर रख दी। स्वयं अभाव में पले गजानन, कृपणता से कुछ संचय करने की चेष्टा भी करते तो रोबदार सुन्दरी पत्नी उन्हें चीरकर रख देती।

'बाप-दादों ने पैसा खर्चा किया होता तो तुम्हारा दिल भी बड़ा होता।' वह स्वयं अपने समृद्ध मायके का प्रच्छन्न उल्लेख करती, विवाह से ही दबाए

पति को और दबा देती। बेचारे गजानन, पत्नी को प्रसन्न करने के लिए, अपना सिर भी काटकर उसके चरणों में डाल सकते थे, फिर उसके आदेश को टाल ही कैसे सकते थे? नित्य वैयक्तिक विलासपूर्ति की अनावश्यक सामग्रियों से गृहसज्जा में चार चाँद लगने लगे। लक्ष्मी की क्रूर दृष्टि से सहमकर गृह की मर्यादा कोने में इधर-उधर दुबकती एक दिन सहसा ही विलीन हो गई। गजानन अपने व्यवसाय की दूर-दूर तक फैली जड़ों को सँभालने इधर-उधर भागते रहते। रुक्मिणी की शृंगारप्रियता, बढ़ती वयस के साथ-साथ निर्लज्जता से बढ़ती चली जा रही थी। एक से एक भड़कीली साड़ियों और नए-नए कट के आभूषणों की छटा बिखेरती वह अपनी अत्याधुनिक सज्जा में सजे दीवानखाने में बैठी, ताश के पत्तों पर घर बनाती और बिगाड़ती रहती। कभी-कभी रात के बारह-बारह बजे तक ताश की वह महफिल चलती रहती, जिसमें स्त्रियों की उपस्थिति तो अँगुलियों पर गिनी जा सकती थी; किन्तु उससे आधी वयस के युवा, सजीले पुरुषों को गिनने के लिए शायद चार हाथों की अँगुलियाँ भी कम पड़तीं। पहले दबे स्वरों में कानाफूसियाँ चलीं, फिर लोग खुलेआम रुक्मिणी के निर्लज्ज आचरण की निन्दा करने लगे। किन्तु अपनी मुट्ठी-भर मुहरों से, वह अब किसी भी कठोर आलोचक का मुँह बन्द कर सकती थी।

पुत्री सोनिया, तीन-चार बोर्डिंग स्कूलों से अधूरी शिक्षा की ही पोटली बाँधकर, खोटे सिक्के-सी घर लौट आई थी। जिस स्कूल में दोनों भाई पढ़ते थे, वहाँ की ऊँची शिक्षा का बहुत बड़ा महत्त्व था। वार्षिक किस्तों में दी गई ऊँची फीस, साधारण वर्ग के माता-पिता नहीं चुका सकते थे, किन्तु जो चुका सकते थे, उन भाग्यशालियों के पुत्रों के लिए यह एक प्रकार से भविष्य का सुनहला जीवन बीमा था। टी-गार्डन की वे नौकरियाँ, जहाँ सुरा और सुन्दरी दोनों का अभाव नहीं रहता, या फिर बर्मा शेल, किसी विदेशी फर्म के राजसी ग्रास, उद्योगपतियों का मंत्रिपद—सबकुछ इन प्राक्लन छात्रों के लिए स्वयं यह सुख्यात पब्लिक स्कूल, जुटाकर उनके करतल पर रख देता।

इसी से रुक्मिणी के बड़े पुत्र चन्द्रगुप्त को, ऊँची नौकरी जुटाने में विशेष प्रयत्न नहीं करना पड़ा। वैसे तो रुक्मिणी, बहू भी अपने ही समाज की लाई थी, किन्तु अपने समाज का वह चमकता सोना भी खोटा ही निकला। स्वयं रुक्मिणी ने ही, भावी पुत्र-वधू को ठोंक-पीटकर छाँटा था। जिन पुत्रों को उसने विदेशी स्कूलों में पढ़ाया था, विदेशी भाषा में ही हँसना, बोलना और

खिलखिलाना सिखाया था, जिनकी 'राम' को 'रामा' और 'सीता को 'सिता' पढ़नेवाली शैशवावस्था की त्रुटि को वह अपने ऊँचे तबके की होंठरँगी गतयौवनाओं को बड़े गर्व से सुनाया करती थी, उन्हें भला हिन्दी स्कूलों की पढ़ी लड़कियाँ कभी पसन्द आ सकती थीं? इसी से उसकी पहली शर्त थी कि उसके गृह की देहरी लाँघने के पूर्व कन्या को अपनी कनवेंट शिक्षा का प्रवेशपत्र दिखलाना होगा। उसकी बड़ी बहू ने यह शर्त बड़ी सुगमता से पूरी कर दी थी। वह शिमला के 'तार हॉल' की पढ़ी थी, जो रुक्मिणी की शर्त में पूरा-पूरा ठीक उतरता था। दूसरी शर्त थी, लड़की सुन्दर अवश्य हो। सुमीता इस शर्त की हर्डल को भी बड़ी सुगमता से फाँद गई थी। लड़की असाधारण रूप से सुन्दरी न होने पर भी आकर्षक थी, यह ठीक था कि उस आकर्षण में कुछ अंश उसके पिता के वैभव का था, कुछ उसकी ऊँची शिक्षा का और कुछ स्वयं उसकी प्रसाधनकला में निपुण अँगुलियों का।

किन्तु विवाह के छठे ही महीने, रुक्मिणी जान गई कि उसकी दोनों शर्तों को पूरा करने पर भी बहू के पिता उसको किसी वाचाल चतुर दुकानदार की ही भाँति ठग गए थे। गुस्सा, सुमीता की नाक पर रहता, बिगड़ैल घोड़ी की भाँति वह दुलत्ती झाड़ती, कभी-कभी आधी रात को चन्द्र को कमरे से बाहर निकाल देती। ताश की महफिल से उठकर आती तो रुक्मिणी देखती, उसका कभी तेज-तर्रार बेटा, दुम दबाए पिटे कुत्ते-सा ही कारीडोर में बैठा पुस्तक पढ़ रहा है।

"क्यों रे, इतनी ठंड में तू यहाँ क्यों है? अपने कमरे में क्यों नहीं पढ़ता?"

"ओह मम्मी, मैं जहाँ चाहूँ वहाँ पढ़ नहीं सकता?" उसका गाय-सा सीधा बेटा हँस-हँसकर माँ को भुलाने की चेष्टा में उसे गुदगुदाने की व्यर्थ चेष्टा करता। "असल में सुमीता को रोशनी में नींद नहीं आती, इसी से यहाँ पढ़ रहा हूँ।"

पर धीरे-धीरे रुक्मिणी सब समझ गई। बहू उसी के सामने, जीन्स और जर्सी में कठपुतली-सी सजी-धजी सिगरेट फूँकती रहती, पर वह कह ही क्या सकती थी? क्या स्वयं उसी का किया उसके सामने नहीं आ रहा था। जब वह देर-देर तक ताश खेलकर लौटती तो देखती, न जाने कब से उसका पति, उसकी अनुपस्थिति में ही बिना खाए-पिए पलंग पर सो रहा है। न जाने कितने लम्बे व्यावसायिक दौरों की क्लान्ति, विदेशी सराय, भटियारखाने

का असंयम और गृहिणी की उदासीनता, उसे बेहोशी में डुबाकर, दूसरे दिन दस बजे तक, अचेतन निद्रा में सुलाए रखती। अब तो दोनों पति-पत्नी, एक-दूसरे की उदासीनता को बड़ी स्वाभाविकता से ग्रहण कर चुके थे। बहू से, वह कुछ कहती भी तो किस मुँह से? दिन-रात विदेश घूम-घूमकर सुमीता कुछ और भी धृष्ट बन गई थी। न उसे सास का भय था, न ससुर की लज्जा। एक पुत्र पति के ही स्कूल में पढ़ रहा था और पुत्री स्वयं उसके स्कूल में। कभी-कभी उनकी स्पोर्ट की छुट्टियाँ होने पर, सुमीता धूप का चश्मा लगाए अपनी बहुमूल्य साड़ियों की छटा बिखेरती, उन अभिभावकों की भीड़ में अकड़कर बैठ जाती, जिनके बच्चे भी उसी के बच्चे की भाँति विदेशी दूध के डिब्बों से स्तनपोषी न रह, 'फैरेक्स' से अपना अन्नप्राशन धन्य कर चुके थे।

कभी-कभी, सास-बहू में कोल्ड वार चलती तो छोटा पुत्र विक्रम भाभी का ही पक्ष लेता।

"तू क्यों नहीं कहता उस बेशरम से?" रुक्मिणी ने, विक्रम को एक दिन फटकारकर कहा था, "तेरे डैडी के सामने, जीन्स पहने घूमती है बेहया!"

"तो क्या हो गया मम्मी, नंगी तो नहीं घूमती, मैं तो सोचता हूँ, जीन्स हिन्दुस्तानी बहुओं की नेशनल-ड्रैस बना दी जानी चाहिए। कम से कम टखनियाँ तो ढँकी रहती हैं। फिर मम्मी, जब तुम्हारी सोनिया, जीन्स पहनकर डैडी के सामने घूम सकती है, तब भला भाभी क्यों नहीं घूम सकतीं?"

रुक्मिणी, फिर कह ही क्या सकती थी? इधर, जब से उसके बैठकखाने में, घनी मूँछों के नीचे, अपनी कत्थे-सनी मुस्कान बिखेरता, नरेन्द्र आने लगा था, तब से उसका यह मुँहफट बेटा, जैसे और भी मुँहफट बना, बिना बात के बगावत की झंडी दिखा रहा था। नरेन्द्र रुक्मिणी के दूर के रिश्ते से ममेरा भाई था। किन्तु विक्रम की घाघ सूझ-बूझ को यह दूर का रिश्ता अधिक दिनों तक छल नहीं सका। बड़े अधिकार से उसके नित्य-प्रयोजन के प्रसाधनों को व्यवहार में लानेवाला, बिना किसी के न्यौते ही घर में आ गया यह दूर के रिश्ते का मामा, उसके सर्वांग में आग लगा देता। कभी विक्रम की इलैक्ट्रिक शेवर लेकर अपना चेहरा चिकना बनाता, वह अंजुली-भर उसका विदेशी ऑफ्टर-शेव-लोशन अनाड़ी की भाँति पोतता, बेसुरी अंग्रेजी झाड़ता, विक्रम को झुँझला देता। कभी-कभी विक्रम उसे माँ के ही सम्मुख झिड़क देता, पर उसकी खाल क्या साधारण मानव की खाल थी? वह अपने गैंडे

की खाल पर थोड़ा ओडीकोलीन छिड़कता उसे और चिढ़ाने लगता।

सोनिया भी इधर उसके साथ खूब घुल-मिल गई थी। घर की इसी अमर्यादा ने बेटे को पूर्णतया विद्रोही बना दिया था। इसी विद्रोह की भावना में बहता, वह कभी अपने दर्जनों विदेशी मित्रों को घर पर न्यौत लेता और उसका कमरा तब चंडूखाने की सड़ाँध को भी तुच्छ कर देता। कहीं सिल पर भाँग पीसता पहाड़ी नौकर रामसिंह, कहीं गमछे में बँधी ठर्रे की बोतलों पर बोतलें चली आतीं। एक बार तो विक्रम ने नाक ही काटकर, जैसे मुँह में धर ली थी। उधर मम्मी की समाज-सेविका सखियों की मीटिंग चल रही थी, इधर छोटे बेटे की भिक्षुणियाँ और विदेशी भिक्षुओं का निर्लज्ज 'जोगीड़ा' पर्व चल रहा था। दो-तीन ऊँची-ऊँची नौकरियों पर स्वयं लात मारकर बड़ी चेष्टा से पिता की दिलवाई एक चौथी नौकरी में उसे उलझा दिया था। विरक्त सिद्धार्थ, इस नौकरी से भी लम्बी छुट्टी लेकर छोड़ने के इरादे से ही पर्वतारोही दल के साथ निकल पड़ा था, और वहीं मिल भी गई थी उसे यशोधरा। नास्तिक रुक्मिणी इधर खोए पुत्र को पाने के लिए व्रत-अनुष्ठान निभाती घोर आस्तिक बनी चली जा रही थी।

ठेठ पहाड़ी मर्यादा में पली इस सुपात्री को देख वह स्वयं भी मुग्ध हो गई। कपोलों पर प्रकृति प्रदत्त कुचले पाटलप्रसूनों की लालिमा, और पहाड़ी काफल हिसालू के रस से छलकते अधर! गुलाबी चूड़ीदार और ढीला कुर्ता, सिर पर बँधी गुलाबी चुन्नी का उत्तरीय जैसे कोई किशोर राजकुँवर मुस्कुरा रहा हो।

कैसी मूर्खा थी वह! कार से उतरते समय कैमरा भी उतार लिया होता तो इस अपूर्व भाव-भंगिमा को लैन्स में बाँध अपने ऊँचे तबकेवालियों के रँगे-पुते चेहरों पर झाड़ फेरकर रख सकती थी। जैसे भी हो, इस रत्न को राज्यकोष में लाना ही होगा। एक तो यह सौन्दर्य शायद उसके जंगली बिल्ले बन गए बेटे को पालतू बना लेगा, दूसरे बड़ी बहू, जो अपनी पीतल की ही नथुनी पर सौ-सौ गुमान किए फुदकती रहती है, कम से कम उसे यह अँगूठा दिखा ही देगी।

फिर एक चिन्ता उसे इधर और भी घुने जा रही थी। सोनिया की पंजाबी सहेली दर्शन, जान-बूझकर भी उसके इस छोटे बेटे पर गिरी जा रही थी। चाहे चेहरा तो इस रुपये के सामने चवन्नी-भर भी नहीं था, हर उम्र तो गधी की परी लगनेवाली उम्र थी। लाख हो, लड़का जवान हो चला था, उस

पर विदेशी सोहबत में चल रहा आयुर्वेदी कल्प, कभी भी उसे ले बैठ सकता था। चलो, दर्शन से तो छुट्टी मिलेगी।

"ऐ ईडियट!" सोनिया फिर चहकी, "हम इतनी दूर से तुमसे मिलने आए हैं और तुम क्या ईंट-गारा ही ढोती रहोगी? नीचे उतरो।"

खिसियाई-सी हँसी हँसकर चन्दन ने किसी सधे मिस्त्री की ही भाँति चूने की बाल्टी सीढ़ी पर लगी कील पर टाँग दी और उलटा मुँह उतरती, उनके सम्मुख खड़ी हो गई।

"अबे सिर का साफा तो खोल—एकदम डाँडी रासवाला काठी राजपूत लग रही है।" फिर झटककर उसने चन्दन की चुन्नी खींच, उसके कन्धों पर डाल दी और हाथ खींचकर उसे ऐसी अन्तरंगता से भीतर ले चली जैसे वह स्वयं मेजवान हो और चन्दन हो कोई लजाई अतिथि बाला। कपड़े बदलकर राजेश्वरी के कमरे में आते ही सोनिया शायद जान-बूझकर ही चन्दन को लेकर दूसरे कमरे में चली गई।

सोनिया की माँ के आने का कारण कुछ तो राजेश्वरी स्वयं ही समझ गई थी और कुछ उन्होंने बिना किसी अनावश्यक उलझाव-फैलाव के खुद उसे समझा दिया। उसके छोटे पुत्र ने उसकी लड़की को पहली ही झलक में देखकर पसन्द कर लिया था।

"वैसे दिल्ली में हमारे समाज की एक से एक सुन्दर और पढ़ी-लिखी लड़कियाँ हैं।" फिर वह स्वयं ही घबराकर कहने लगी, "आप कहीं यह मत सोचिएगा कि मैं आपको 'इम्प्रेस' करने की चेष्टा कर रही हूँ, पर ईश्वर की कृपा से सोनिया के पिता का व्यवसाय अच्छा-खासा है, यह कुछ तो लक्ष्मी की कृपा-दृष्टि का फल है और कुछ स्वयं उनकी साधना का। बड़ा लड़का बर्मा शेल में है। छोटा विक्रम, जो आपके यहाँ पन्द्रह दिन पूर्व अतिथि बन, अब जामाता बनना चाहता है।" यहाँ पर पल-भर रुककर वह व्यवहारकुशल महिला अपनी भुवन-मोहिनी स्मिति से कथन को सँवारना नहीं भूली।

"वह 'महेन्द्रा एंड महेन्द्रा' में काफी तगड़ी तनख्वाह ले रहा है। मैं तो अचरज में डूब गई थी कि मेरे जिस नाक-भौं चढ़ानेवाले बेटे को आज तक एक भी लड़की पसन्द नहीं आई, वह एक ही रात में आखिर किस उर्वशी पर रीझ गया? पर आज जब खुद देखा, तब अब ना कोई जिज्ञासा रही न कुतूहल!"

ऐसी विचित्र परिस्थिति में उसे क्या निश्चय लेना चाहिए, यह राजेश्वरी

की समझ में नहीं आया। फिर ऐसी ही अपनी चट मँगनी पट ब्याह का अनुभव बड़ा सुखद था।

विवाह जैसी महत्त्वपूर्ण योजना की स्वीकृति पर उसके मतानुसार गुरुजनों की राय लिए बिना स्वयं हस्ताक्षर कर देना बड़ी भारी मूर्खता थी। न वह इस प्रवासी परिवार के विषय में ही कुछ जानती थी, न पात्र का ही ठीक-ठिकाना था। केवल ऊँची नौकरी और चेहरे के बूते पर ही तो कोई किसी को दामाद नहीं बना लेता। वह जो प्रशंसा सुन रही थी, वह थी, स्वयं माँ के मुँह से अपने पुत्र की। संसार की कौन माँ भला अपने पुत्र की प्रशंसा नहीं करती? अपना बच्चा तो बँदरिया को भी विधाता की सर्वश्रेष्ठ कृति लगता है। बिना सोचे-समझे ही हवा में लगाई गई उसके अबूझ यौवन की छलाँग उसे एक बार खाई में पटक शरीर और मन दोनों पर चिरस्थायी आघात दे चुकी थी, इससे अब वह मुँह खोलने से पूर्व, एक-एक वाक्य को मन ही मन विवेक के तराजू पर ऐसे तोल रही थी, जैसे कोई पटु स्वर्णकार तोला-रत्ती-माशा के बाटों से, सोना तोल रहा हो। उधर उसकी यह चुप्पी, चट योजना बनाकर पट कार्यान्वित करनेवाली, उतावली रुक्मिणी को महाअधैर्य बावली बना रही थी। वह अपनी सूक्ष्म संसारी दृष्टि से सम्मुख धरे उस निर्विकार चेहरे की जितनी ही परतें चीरती, उतनी ही और प्याज की-सी परतें निकलकर उसे छलती जा रही थीं।

पूरे एक युग के बाद जैसे उसके होंठ खुले, स्फिंक्स की चुप्पी के पट खुले, मुस्कुराकर वह बोली, "आपकी बड़ी कृपा है, पर मैं अपने मामा से पूछकर ही आपको उत्तर दे पाऊँगी। देखिए न, एक तो हम दोनों एक-दूसरे के बारे में कुछ भी नहीं जानतीं"—इस बार शायद अपनी रुखाई से स्वयं ही संकुचित हो, उसने अन्तिम वाक्य को जोड़ अपने कथन की पुष्टि की।

पर दिन-रात ताश के देखे और अनदेखे पत्तों की स्थिति भाँपनेवाली चतुरा रुक्मिणी ने राजेश्वरी के हाथ के फूहड़ ढंग से छिपाए गए अदृश्य पत्तों की चाल भाँप ली। उसने जन्म से ही दिल्ली देखी थी। वह समझ गई कि सामान्य गोलाबारी से ही कब दुर्ग ढहाया जा सकता था।

"ओफ ओह!" उसने विदेशी अन्दाज से कन्धे हिलाकर दोनों बाँहें शून्य में फैला दीं, "आप भी कैसी बचकानी बातें कर रही हैं, बहन! स्त्री होकर भी क्या हम स्त्रियों के स्वभाव को आज तक नहीं परख पाईं? आप ही बताइए जरा, इस संसार में एक ही माँ की जाई कौन-सी ऐसी दो सगी बहनें

हैं, जो एक-दूसरी के बारे में सबकुछ जानती हैं? जब हमारा रिश्ता हो जाएगा, तब ही तो हमें परखेंगी? आखिर आप अपने किस बुजुर्ग की राय लेना चाहती हैं? उन्हें बुला लीजिए न! जो चाहें, हमसे पूछ लें।" उसने ऐसे लहजे में कहा, जैसे कह रही हो—चलो, उनमें भी हो जाएँ दो-दो हाथ?

अब राजेश्वरी और फँसी। उसके आत्मीय स्वजनों में अब था ही कौन? ले-देकर एक पीताम्बर मामा ही ऐसे थे, जिनसे वह कुछ पूछ सकती थी। वैसे उपनाम देने में बेजोड़ कुमाऊँवासियों ने कभी उनकी अनुपम जानकारी के लिए उन्हें विभूषित किया था, 'गजट' की उपाधि देकर। कुमाऊँ की परम्परा आज भी वैसी ही चली आ रही थी, जिसमें किसी व्यक्ति को लोग उसके नाम से नहीं, उपनाम से चट पहचान लिया करते थे। गजट मामू शायद सचमुच ही उसकी जिज्ञासा को शांत कर उसे उचित दिशानिर्देश कर पाएँगे। पर उन्हें बुलाना भी तो टेढ़ी खीर था। दो मील की खड़ी चढ़ाई कर तब कहीं .वहाँ पहुँच पाएँगी और फिर बेकार बुड्ढों की किस महफिल को गजट मामू धन्य कर रहे होंगे, उसका कोई ठिकाना था?

"आप चिन्ता न करें, ऐसे काम उतावली में किए भी नहीं जाने चाहिए। मैं आपको शीघ्र उनसे पूछकर सूचित कर दूँगी।"

"पर मैं तो घर से यही संकल्प लेकर निकली हूँ कि बिना आपसे वरदान लिए यहाँ से नहीं टलूँगी।" और फिर वह बड़ी आत्मीयता से राजेश्वरी के गुदगुदे तिब्बती कालीन पर अधलेटी मुद्रा में लम्बी होकर मुस्कुराने लगी।

"आप आराम तो करें!" राजेश्वरी हँसकर भीतर चली गई। थोड़ी देर में सोनिया भी आकर माँ के पास लेट गई।

"क्यों कहाँ गई तेरी सहेली?" रुक्मिणी ने पूछा।

"उसकी माँ बुलाकर ले गई। क्यों मम्मी, कुछ मामला बना?"

"खाक बना!" रुक्मिणी बटुए से कंघा निकालकर, बालों पर फेरती बैठ गई, "बड़ी गहरी औरत है। आज पहली बार—आई डोंट नो व्हेअर आई स्टैंड!" उसने एक बार फिर कन्धे उठाकर, गिरा दिए—यह शायद उसकी प्रिय मुद्रा बन गई थी। सोनिया, कई बार सोचती थी कि मम्मी को इसके लिए टोक दे, उस मुद्रा को वह पहचान भी गई थी। राजधानी के किसी उत्सव में डेस्डीमोना बनी लीनादत्त की ही बहुचर्चित मुद्रा थी यह। पर मम्मी, बार-बार शायद यह भूल जाती थी कि जिन कन्धों के उठने-गिरने पर हॉल तालियों से गूँज उठा था, वे कन्धे थे अट्ठारह वर्ष के और मम्मी बेकार में

ही अपने पैंतालीस वर्ष के कन्धों की बेसुरी कसरत किए जा रही थीं।

माँ-बेटी, फुसफुसा ही रही थीं कि राजेश्वरी चाय बनाकर ले आई, पीछे-पीछे तश्तरियों में मेवा-मिष्ठान, गर्म-गर्म पूड़ियाँ, आलू के खुशबूदार जम्बू-छौंके गुटके, पीला रायता लिए, दो हाथों में दो थाल, किसी होटल के दक्ष बैरा की ही भाँति साधे, चन्दन आकर खड़ी हो गई।

नित्य, बावर्ची-बैरा के हाथ के बने उलटे-सीधे खाने या फिर सौसेज और ब्रेड का डिनर खानेवाले फूहड़ नथुने, फड़कने लगे।

"अरे, यह क्या! यह सब कब तैयार कर लिया आपने? अरी सोनिया, हमारी लंच-बास्केट भी तो कार में धरी है, बेटी! जा, कैमरा, बैग, सबकुछ लिवा ला—क्यों बहन, जरा अपने नौकर को इसके साथ भेज देंगी?"

"नौकर?" राजेश्वरी ने हँसकर पूछा और खाने की सामग्री, नीचे लगा दी।

"नौकर तो मैं कभी रखती ही नहीं, बहन!"—रुक्मिणी जैसे आकाश से गिरी। कहती क्या हैं—नौकर ही नहीं रखती—मन-ही-मन, वह आनन्दित हो उठी थी, यह तो लड़की की एक और विशेषता बन उठेगी। माँ, नौकर नहीं रखती तो बेटी, निश्चय ही उसका हाथ बँटाती होगी। रंग-चूना लगाना, झाड़-पोंछ, खाना बनाना सब अलभ्य गुणों से युक्त, उस पर चेहरा-मोहरा, रंग-नक्शा, सब सवा लाख का!

"जाओ, चन्दन!" राजेश्वरी ने पुत्री से कहा, "सोनिया के साथ जाकर तुम्हीं सब सामान भीतर ले आओ।"

सोनिया और चन्दन, सामान से लदी-फँदी लौटीं और लंच-बास्केट के साथ आई अंडे की सैंडविच भुने काजू और सोहन हलवे के रंगीन डिब्बे निकालकर, रुक्मिणी ने अपने शाही दस्तरखान पर सजा लिए।

"ये चार डिब्बे तो मैं आप ही के लिए लाई हूँ, चखिए न एक टुकड़ा।" उसने एक टुकड़ा तोड़कर, राजेश्वरी के मुँह में ठूँस दिया, और वह बड़ी अनिच्छा से चबाने लगी। सोहन हलुवे का टुकड़ा गरिष्ठ अतिथियों की ही भाँति, उसके कंठ में अटका जा रहा था। घी से लथपथ, ऐसे मिष्ठान खाने का न उसे अभ्यास था, न रुचि।

"यह क्या? आप तो खड़ी ही रह गईं, क्या हमारा साथ भी नहीं देंगी?" रुक्मिणी, साथ लाए स्वच्छ नैपकिन से प्लेट पोंछने लगी।

राजेश्वरी, संकोच से पहले कुछ कह नहीं पाई, फिर दबी आवाज में

हाथ जोड़कर कहने लगी, ''आप खाएँ—चन्दन आपका साथ देगी—मैं तो बिना जप किए वैसे ही नहीं खाती, वह तो आपने इतने प्रेम से मिठाई खिला दी, इसी से खा गई...'' फिर वाक्य अधूरा छोड़, बिना और कुछ कहे अंडे की सैंडविच को अर्थपूर्ण दृष्टि से देख, उसने नजर झुका ली।

रुक्मिणी ने शायद देख लिया। ''ओह, कैसी मूर्ख हूँ मैं!'' वह क्षुब्ध स्वर से कहने लगी, ''अंडा भी यहीं धर दिया मैंने, हमें तो बड़ी भूख लगी है भाई, उस पर आपने ऐसी बढ़िया सुगन्ध उठा दी है कि अब हम रुक नहीं सकतीं।'' वह सचमुच ही अपने सारे अदब-कायदे भूल, जिसी भूखे कंगले की ही भाँति लार टपकाने लगी थी। उन गर्म-गर्म पूड़ियों में क्या वनस्पति घृत की मरीचिका थी! शुद्ध पहाड़ी घी की सुगन्ध, कुंडे का दानेदार खोए-सा स्वादिष्ट दही, और नित्य ली गई फ्रिज से नकली हिमशीतल जल की घूँट को फीकी करती, मीठे पहाड़ी सोते के स्वच्छ जल की ठंडी घूँट प्रतिवेशियों के यहाँ से 'चंग' भरकर, राजेश्वरी 'च्याक्ती' ले आई ''इसे पिएँ, खूब बढ़िया नींद आएगी इसे पीकर।'' और देश-विदेश के आसव की गुणी जौहरी जिह्वा, एक ही घूँट में तृप्त हो गई। रात को, दीवानखाने ही में अतिथियों के सोने की व्यवस्था कर, राजेश्वरी स्वयं सोने जाने लगी तो रुक्मिणी ने बड़े आग्रह से चन्दन को अपने ही कमरे में सुलाने के लिए रोक लिया।

अपने कमरे में अकेली पड़ी राजेश्वरी, रात-भर गहरे सोच-विचार में डूबती-उतराती रही। यह भी सम्भव था कि यह रिश्ता, वास्तव में उतना ही वांछनीय हो, जितना रुक्मिणी बतला रही थी, और एक सम्भावना यह भी, थी, कि बहुत ऊँची उस दुकान का पकवान एकदम ही फीका निकल पड़े।

उसके अतिथि, थककर ऐसे चूर हुए सो रहे थे कि सुबह आठ बजे से पूर्व उनके जगने की कोई सम्भावना नहीं थी। इस बीच, वह रात ही को अपने मामा का अनुभवी परामर्श लेकर लौट सकती थी। वह दबे पैरों उठी, मोटी गर्म पंखी से अपना शरीर तम्बू-सा बनाती, पिछवाड़े के द्वार से चुपचाप निकल गई।

मामा को लेकर वह जब लौटी, तब माँ-बेटी बेखबर सो रही थीं। अकेली चन्दन ही न जाने कब उठकर उसके पलंग पर हाथ-पाँव सिकोड़े गठरी बनी बैठी थी।

''हाय अम्माँ, इतनी सुबह-सुबह कहाँ से आ रही हो—अरे, गजट नानाजी

आप!'' वह एकदम उठकर, चाय बनाने जाने लगी तो माँ ने रोक लिया।

''देख चन्दन, खटर-पटर मत होने देना, दो गिलास चाय बनाकर हमें यहीं दे जा, अभी माँ-बेटी को मत जगाना, समझी?'' मार्ग-भर राजेश्वरी मामा से परामर्श करती आई थी। मामा ने कहा था कि वे स्वयं आकर उसकी भावी समधिन के अजाने कुलगोत्र का ठीक-ठिकाना ढूँढ़ लेंगे। प्रवासी पर्वतीय परिवार, चाहे वे अंडमान, जापान ही में जाकर क्यों न बस गए हों, सबको गजट मामा, हथेली पर चल रही जुँओं की ही भाँति बीन सकते थे।

सुबह चाय-नाश्ता निबटाकर, सोनिया चन्दन को लेकर घूमने चली गई और इधर गजट मामा ने रुक्मिणी के साथ शास्त्रार्थ आरम्भ कर दिया। फिर तो उन्होंने किसी वाचाल पंडे की ही भाँति, एक-एक कर, रुक्मिणी के पितृकुल, श्वसुर-कुल यहाँ तक कि पितामह के भी भाई-भतीजों के नाम एक-एक कर, ऐसे सुना दिए कि वह दंग रह गई। उधर मामा के कसकर लिए गए 'वायवा' में, रुक्मिणी ने भी सर्वोच्च स्थान पाया।

''आँख बन्द कर, कन्यादान कर दे, भानजी!'' पीताम्बरजी ने एकान्त में भानजी की पीठ थपथपाकर कहा, ''खबरदार, देरी मत करना। अपनी सरलता के बावजूद हमारा समाज, भाँजी मारने में अनूठी योग्यता रखता है, यह मत भूलना।'' यही नहीं, गाँव जाने से पहले गजट मामा ने स्वयं ही भानजी की सुन्दरी पुत्री का हाथ पकड़, रुक्मिणी के पास बैठा दिया—फिर हाथ जोड़कर कहने लगे, ''हमारी भानजी की किस्मत खुल गई समधिन, जो ऐसा घर-वर मिला। वैसे हमारी बिटिया भी साक्षात् हिमालय-कन्या गौरी है—जब आपका हुक्म होगा, तभी इसे आपकी चरण-सेवा के लिए भेज दिया जाएगा।''

''हाय-हाय, ऐसी लक्ष्मी से मैं चरण-सेवा कराऊँगी?'' लपककर उसने लजाती चन्दन को खींचकर छाती से लगा लिया और बहुत दिनों बाद, निखालिस अश्रुजल से, उसकी आँखें छलछला उठी थीं—यह भोला प्यारा मुखड़ा यदि उसके अकस्मात खो गए पुत्र को, उसकी माँ के पास लौटा सके, तो क्या वह स्वयं उसकी चरण-सेवा करने नहीं झुक पड़ेगी?

चलने से पूर्व, रुक्मिणी ने भावी पुत्रवधू की विभिन्न वेषभूषा और भंगिमा में, न जाने कितनी तसवीरें खींच डालीं। कभी माँ के विवाह के पहाड़ी लहँगे-दुपट्टे में और कभी उस गुलाबी चूड़ीदार कुर्ते में, दुपट्टा उसी फेंटे की भाँति सिर पर बाँध, हाथ में चूने की बाल्टी-झाड़ू थमा, वह उसे सीढ़ी पर

खड़ी कर, खट कैमरा खटका देती। उसके उत्साह की छूत, जैसे राजेश्वरी को भी लग गई। उसने बहुत पहले अपने हाथ से कात-बुनकर, अपने लिए 'शौक' पोशाक तैयार की थी। वह भागकर उसे निकाल लाई और जब उसने पुत्री को, उस अनोखी वेशभूषा में सजाकर, रुक्मिणी के कैमरे के सम्मुख खड़ी किया, तो चपला सोनिया, किसी मनचले छोकरे की ही भाँति सीटी बजाने लगी। ''मम्मी, हियर इज ए रियल ग्लैमर गर्ल!'' एक पल को, कंठ में झूल रहे कैमरे को नीचे लटका, रुक्मिणी भी सम्मुख खड़ी उस अनुपम किशोरी के चेहरे को, अपनी आँखों के ही फोकस में बाँधकर देखती रही।

एक तो उस 'शौक' पोशाक का जादू, उस पर स्वयं पहननेवाली का जादुई व्यक्तित्व। खड़ी धारियों से सजा, गाढ़े मैरून रंग का आधी खुल्लमखुला बाँहों का, किसी मुसलमान फकीर का-सा कुर्तानुमा 'च्युंग', उसके ऊपर कुर्ते के अनावश्यक घेर को कसी मंजूषा में बाँधे, सुडौल उभार को उभारती वास्कट 'रकल्च', नीचे गहरे नीले रंग का टखनियों तक झूलता किसी विदेशी नन का-सा झब्बा 'वाला' जिसकी तिरछी धारियों और नीले रंग में, कुर्ते की सीधी धारी तथा मैरून रंग से उचित कन्ट्रास्ट का अद्वितीय पुट देकर, उन अनपढ़ भोटिया स्त्रियों की कलात्मक कढ़ाई 'क्रमो' ने कलात्मक चार चाँद जड़ दिए थे। विदेशी मार्केट में जहाँ केवल बनारस की जरी या लखनऊ के चिकन की ही ख्याति थी, वहाँ वह अनूठी शिल्पकला भारत के लिए विदेशी मुद्रा का अटूट कोष संकलित कर सकती थी।

रुक्मिणी, पल-भर को, कैमरा खटकाना भी भूल गई। पैरों में थे, घुटने तक चढ़े 'बौक्च' उन पर तिब्बती जूतों की कढ़ाई, किसी भी हंगेरियन शिल्पकला में पटु महिला को पटकनी दे सकती थी। सिर पर, एक खुले बुर्के-सा ही विचित्र बारह गिरह जर्मन प्रिंट का परिधान था 'चुक्ती', उसके चन्दोबे-सा श्वेत 'दौरा' उसे किसी डच सुन्दरी-सा ही अभिनव रूप प्रदान कर रहा था। कंठ में झूल रहा था माँ का 'करेला' और मूँग की दुहरी लड़ों का हार।

''सुनिए, एक ऐसी ही ड्रेस क्या हमारे लिए भी बनवा देंगी? प्लीज...'' सोनिया ने कहा।

''दिल्ली में तो हमारे ड्रामेटिक क्लब की लड़कियाँ एकदम पागल हो जाएँगी इसे देखकर।''

''पर यह तो बिकती नहीं बेटी।'' राजेश्वरी ने कहा, ''यहाँ की स्त्रियाँ

स्वयं कात-बुनकर, बड़े परिश्रम से इसे चार-पाँच महीने में तैयार करती हैं, मैंने भी तो यह स्वयं ही कात-बुनकर पूरे पाँच महीने में तैयार की थी।''

''तो क्या आप, गलीचे-कालीन बुन लेती हैं?'' रुक्मिणी बिना पूछे नहीं रह सकी।

''मैं धारचूला ही में जन्मी और पली हूँ।'' राजेश्वरी ने हँसकर कहा, जिस लड़की को कातना-बुनना, गलीचे-कालीन बनाना नहीं आता, वह फूहड़ समझी जाती है। इसी से शायद मुझे भी सीखना पड़ा और इसी भय से आ भी गया कि कहीं कोई फूहड़ न कह दे।''

उसके कथन में न बनावट थी, न ओछापन।

तस्वीरें खींच, रुक्मिणी ने राजेश्वरी के दोनों हाथ पकड़कर बार-बार हिला दिए, और स्वयं कृतज्ञता से दुहरी होकर झुक गई, ''कह नहीं सकती, कितनी आनन्दप्रद रही यह दो दिन की यात्रा, और आपके यहाँ का सुखद पड़ाव! भगवान ने चाहा तो हम अगले ही महीने दूसरे पड़ाव के लिए भी हाजिर होंगे। हमें केवल तुम्हारी गुणी पुत्री चाहिए बहन, बस अपनी लड़की के हाथ पीले कर विदा कर देना।'' और वह हँसती-हँसती, स्वयं कार चलाती धूल के अम्बार और अचरज में डूबी समधिन को छोड़ गई थी।

क्या, ऐसे सर्वथा अनजान परिवेश में, फटाफट अंग्रेजी फूँकनेवाली, कार चलानेवाली मेम-सी सास के साथ उसकी गऊ-सी शान्त लड़की, अन्त तक निभा पाएगी? छुरी-काँटा पकड़ना तो दूर, वह अभागी तो किसी अपरिचित अतिथि के सामने गस्सा-भर भात भी नहीं निगल पाती।

चाहे रुक्मिणी, बार-बार कह गई थी कि उसे लड़की के हाथ-भर पीले कर विदा-भर कर देनी होगी बस, और उन्हें विधाता ने सबकुछ दिया था फिर वह समर्थ थी और तिस पर बेटे की माँ थी! वह चाहने पर पहाड़ की किसी भी परम्परा पर कुठाराघात कर सकती थी, किन्तु राजेश्वरी तो दुर्भाग्य से बेटी की माँ थी। संसार की कौन-सी हिन्दू माँ आज तक बेटी के हाथों में खाली हल्दी पोत उसे विदा कर सकी है? और कुछ न हो, तोला भर सोना तो कन्यादान के लिए तब भी लेना ही होगा।

समधिन का आश्वासन व्यर्थ नहीं था। उन्होंने जाते ही लम्बी-चौड़ी चिट्ठी में स्पष्ट कर दिया था कि विवाह की तिथि पन्द्रहवें ही दिन पड़ रही थी,

उसके बाद फिर कोई शुद्ध लग्न नहीं जुट रहा था। पर राजेश्वरी को कोई चिन्ता नहीं करनी होगी। उसने कन्यादान के लिए भी स्वयं एक बँगला देख लिया था। वह उसके आने तक, वहाँ सब प्रबन्ध कर लेगी। वह केवल पात्री एवं अपने आत्मीय स्वजन लेकर चली आए। किन्तु इधर आत्माभिमानिनी राजेश्वरी को, समधिन का यह प्रस्ताव मान्य नहीं था। कन्यादान उसने अपने ही मकान से किया। पर्वतारोही दल के ग्यारह परिचित मुस्कुराते चेहरे, एक बार फिर उसके आँगन में जुट गए। सज्जन समधी ने किसी भी प्रकार का भार उस पर नहीं पड़ने दिया, यहाँ तक कि बारात का खाना बनवाने भी वे रसद सहित पूरे एक दर्जन रसोइए, नौकर-चाकर, कड़ाही-पतीले, दो मोटरों में भरकर ले आए थे।

चन्दन के विदा होते ही वह अपने कमरे में खिसक गई।

चन्दन चली गई थी, उसकी एकदम भोली सुकुमार चन्दन, जिस पर उसने कुटिल संसार की छाया भी कभी नहीं पड़ने दी, जिसकी फरेबी चालों का, उसे अक्षर-ज्ञान भी नहीं करवाया। क्या यह उसकी बुद्धिमत्ता थी या मूर्खता! सास जब इतनी आधुनिका थी तब क्या बेटा दूध का धुला होगा?

कन्यादान के निबटते ही उसने कोने में लुढ़की, चौकोर बोतल भी देख ली थी, बड़े कौशल से वह उसे आँचल में सँभालती गेहूँ के बोरे में छिपा आई थी। उसकी देवरानी की तो पीठ में आँखें थीं। यही नहीं, विदा से पूर्व, ग्यारह छोकरे उसे धन्यवाद देने आए तो इलायची, पान से छिपाई गई दुर्गन्ध को, उसकी सात्विकी घ्राण-शक्ति ने पकड़ भी लिया था।

विवाह के दिन भी चढ़ानेवाला, उसका यह अनजान जामाता क्या उसकी भोली पुत्री को सुख से रखेगा?

किन्तु जब, पलंग पर बैठी, राधागोविन्द-सी पुत्री-जामाता की जोड़ी की आरती कर तिलक लगाने उसने पुत्री का घूँघट उठाया तो वह चन्दन का खिले फूल-सा दमकता चेहरा देखकर अपना सबकुछ भूल गई। कम-से-कम इस चेहरे को देखकर कोई इसका अनिष्ट नहीं कर पाएगा।

यही तो भूल थी राजेश्वरी की। जब चन्दन विदा हुई, तब भी उसका चेहरा वैसा ही खिला था, न आँखों में आँसू थे, न चेहरे पर माँ के विछोह का दुःख।

हाय, कितनी बेरुखी से पली-पलाई बेटी पराई हो जाती है! उसकी हिचकी यत्न से दबाए जाने पर भी शायद निकल ही पड़ती कि देवरानी

आकर डंक दे गई।

"आज की लड़कियाँ, क्या हमारी-तुम्हारी तरह रोती हैं, चन्दन की माँ? बेशरम हँसती-हँसती ससुराल को चल देती हैं। मैंने तो कहा भी–बेहया, एक बूँद तो लोकलाज के लिए गिरा दे, पर राम भजो–तुम्हारी चन्दन तो मना रही थी कि कब कार चले और कब मायका छूटे।" जली-भुनी देवरानी ने तो छौंक लगाई थी, पर चन्दन सचमुच ही आकाश में उड़ती जा रही थी।

अपनी ससुराल के नये परिवेश की ऊँची-नीची देहरियों पर जब कभी ठोकर खाती, आनन्दी स्वभाव की हँसमुख ननद सोनिया उसको हाथ थमाकर सँभाल लेती।

"यह भाभी हैं, इनके पैर छूना, यह तुम्हारी जिठानी हैं, समझीं? यह मेरी दोस्त है, दर्शन!"

जिठानी सुमीता और सहेली दर्शन, दोनों की आँखों में ईर्ष्याग्नि की दमदमाती ज्वाला को सरला चन्दन ने पहली ही झलक में पहचान लिया था।

"असल में दर्शन चार साल से दद्दा के पीछे पागल बनी घूमती रही है।" सोनिया के पेट में भला कोई बात पच सकती थी? वह अपनी भोली नई भाभी के कान में, दर्शन के आने से पहले ही फुसफुसाकर कह गई थी–सुमीता ने कटे बालों की एक लट पीछे फेंक, अपना अग्निबाण, 'ऐट होम' की पार्टी के बीच ही छोड़ दिया, "हाय देवरजी! तुम तो कहीं से दूध-पीती बच्ची ही को उठा लाए, चाहने पर शारदा ऐक्ट में तुम्हें पकड़वाया जा सकता है। क्यों जी देवरानी, दूध के दाँत टूट गए हैं तुम्हारे?" और अतिथियों के बीच ठहाकों की मार से, लाल साड़ी में लिपटी चन्दन लाल पड़ती और भी सुन्दर लगने लगी थी।

उसी के सोफे पर, उससे सटकर बैठे पति ने सबकी दृष्टि बचाकर अपनी बालिका-वधू का हाथ हलके से दबाकर मूक आश्वासन दिया था, जैसे कह रहा हो, 'डरना मत चन्दन, ये सब भूखी आदमखोर शेरनियाँ हैं। मैं तो यहाँ हूँ, फिर तुम्हें कैसा भय?'

श्वसुर-गृह के एक-एक कक्ष का वैभव देखकर चन्दन की निर्दोष आँखें और भी बड़ी होकर, उसके सलोने चेहरे पर फैल गई थीं। कितने आभूषण, कैसी-कैसी साड़ियाँ और कैसे-कैसे हीरे फिर सबसे अधिक जगमगाता हीरा, स्वयं उसका पति।

विवाह के दस दिन बीतने पर चन्दन की लज्जा कुछ-कुछ कट चुकी थी। माँ ने लिखा था कि द्विरागमन के लिए पति को लेकर वह पहाड़ चली आए, पहाड़ की यह रस्म तो मायके ही आकर निभाई जाती है। किन्तु उसके उतावले पति ने वह रस्म भी वहीं उसकी माँ के किसी दूर के रिश्ते के मामा के यहाँ जाकर निबटा ली थी।

"चलो, अब हम एक लम्बा-सा 'हनीमून' मना आएँ।" विक्रम ने चन्दन को छाती के पास खींचकर कहा था।

शाहजहाँपुर की चची का भानजा भी शादी के बाद पाकिस्तान से हनीमून मनाने हिन्दुस्तान आया था, वह भी उड़कर। उस रंगीन जोड़े की 'ताजमहल' के सामने खींची गईं तसवीरें देखकर अम्माँ ने उसे खूब डाँटा भी था।

"छिः-छिः कुँआरी लड़की को ऐसी तसवीर, तेरी चची ने भला क्या सोचकर दे दी?"

"क्यों अम्माँ, क्या है इस तसवीर में?"

सचमुच ही तो कुछ भी नहीं था उस तसवीर में। दोनों एक-दूसरे का हाथ पकड़े खड़े थे, बस।

"नजमा के भाईजान की हनीमून की तसवीर है, अम्माँ।" उसने कैफियत दी तो अम्माँ और भड़क गई थीं।

"चूल्हे में जाए यह हनीमून! यही सब मना-मनाकर तो अब हम पहाड़ियों के बहू-बेटे भी रसातल को जा रहे हैं।"

"मैं नहीं जाऊँगी।" चन्दन ने पति के रसीले प्रस्ताव का समर्थन नहीं किया था।

"क्यों?"

"अम्माँ नाराज होंगी!"

"वाह-वाह!" खूब जोर से हँस उठा था विक्रम और फिर चन्दन की नुकीली ठोड़ी पकड़, उसके दूधिया चेहरे पर झुक आया था, "सच, कभी-कभी तो मेरा भी मन करता है कि तुमसे भाभी की ही तरह पूछ दूँ कि तुम्हारे दूध के दाँत टूट गए हैं या नहीं? क्यों नाराज होंगी जी तुम्हारी अम्माँ? क्या मैं उनकी बेटी को भगाकर लाया हूँ?

"देख तो रही हो।" वह फिर उसे बच्ची की भाँति फुसलाने लगा, "रात होने तक क्या यहाँ एक पल भी अकेले बैठ पाते हैं? और रात ससुरी भी तो सवा घंटे में कट जाती है। दिन में जहाँ देखो, वहाँ मेहमान! विवाह के

दस दिन बीत गए हैं, पर एक भी ससुरा टलने का नाम नहीं लेता। चलो, ठाठ से जहाँ तबीयत आएगी, वहीं घूमेंगे। उठाया बैग और चल पड़े, जिस स्टेशन पर तबीयत करेगी, वहीं उतर पड़ेंगे और जिस ट्रेन को देखकर मन ललचेगा, उसी पर चढ़ जाएँगे।"

सच, ऐसी ही हनीमून की बचकानी उमंग में रँगा वह रंगीन जोड़ा अटपटे स्टेशनों पर चढ़ता-उतरता पूरा महीना-भर घूमता रहा। हर स्टेशन पर एक चन्दन उतरती, और जैसे दूसरी नई ही चन्दन पति का हाथ पकड़ चढ़ आती। पल-पल भर में रंग बदलती अपनी अपूर्व तन्वी सहचरी को विक्रम ने बड़े यत्न से कैशोर्य की सीढ़ियाँ फँदा तारुण्य के जगमगाते सिंहासन पर बिठा दिया। कभी किसी ग्राम के अनजाने कुएँ के पास ही नीम की छाया में दोनों सुस्ताने लगते, लाठी में लटकाया बैग और जूते पेड़ से टिका, विक्रम किसी गँवार उजड्ड की ही भाँति नये-नये गौने से विदा कर लाई गई-सी बहू को खींचकर छाती से लगाता जोर-जोर से गाने लगता। "छि-छि, क्या कर रहे हो, कोई देख लेगा तब?" चन्दन पति को दूर धकेलती स्वयं निकट खिसक आती।

"तब क्या! मैं तो चाहता ही हूँ कि सब हमें देखें—ऐसी जोड़ी बड़े भाग्य से देखने को मिलती है, चन्दन!" कभी उसे खींचता वह अरहर के खेत में उठा ले जाता, "ऐसे ही खेतों में गाँव की स्त्रियों के आभूषण उतार उन्हें काट-कूटकर गाढ़ दिया जाता है चन्दन!" वह उसे ऐसी अनुभूत दृष्टि से सहमा देता, जैसे स्वयं उसी ने किसी सुन्दरी को लूटपाटकर वहाँ गाड़ दिया हो। भय से काँपती बच्ची-सी अपनी नई बहू की डरी-सहमी आँखों को फिर वह प्रणयी अधरों के आश्वासन से मूँद देता। कभी किसी जीर्ण मन्दिर के गूढ़ मंडप में ही रात कटती और कभी किसी धर्मशाला में।

एक दिन भूले-भटके दोनों घर लौटे तो सोनिया भागकर चन्दन से लिपट गई, "तुम तो इसे और भी सुन्दर बना लाए, दद्दा! देखो न मम्मी, कैसा टैंड चेहरा बना लाई है!" सुमीता फिर विदेश चली गई थी। दर्शन शायद मन की व्यथा भुलाने अपनी माँ के साथ कश्मीर चली गई थी। उन दोनों की उपस्थिति ही चन्दन को सहमाती थी, इसी से इस बार उसे ससुराल भयावह नहीं लगी। वैसे श्वसुर-गृह की विचित्र सज्जा देखकर वह अब भी बीच-बीच में सिहर उठती थी। वह भी कैसी सजावट थी बाबा! मुर्दे की खोपड़ी की ऐश-ट्रे, वह भी असली। स्वयं सोनिया ने उसे बताया था कि किसी लावारिस

लाश जलानेवाले जमादारों से मम्मी ने पूरे सौ रुपये में यह खोपड़ी खरीदी थी। एक विदेशी मित्र तो उन्हें इस खोपड़ी के पाँच सौ दे रहा था, पर मम्मी ने नहीं बेची। दीवारों पर जगह-जगह टाँगे गए थे, टूटी-फूटी खंडित मूर्तियों के छिन्न-भिन्न अंग! कहीं किसी घनस्तनी का खंडित स्तन, कहीं पर अर्द्धांग से विलग किया गया छिन्न मस्तक और द्वार पर करघनी से विभूषित कटी जंघा तक धड़हीन मूर्ति के नितम्ब पर ही बड़े कौशल से लगी थी 'कॉल-बैल'। जब कभी अतिथि आकर घंटी बजाते और द्वार खोलने चन्दन जाती, उतनी ही बार लज्जा उसे रसातल को खींच ले जाती।

'पता नहीं, हमारी मम्मी का ऐसा मौरबिड टेस्ट क्यों है?' सोनिया प्रायः ही कहती रहती, पर रुक्मिणी बड़े गर्व से मुस्कुरा देती। सचमुच ही महा-मौरबिड रुचि थी उसकी। दीवारों पर दस फुटी नंगी चुड़ैलों की तसवीरें बनी थीं, जिनके अंग-प्रत्यंग से निकली निरर्थक लतागुल्मों की फ्रेस्को कला, पूरी छत को घेरे थी। दीवानखाने में कहीं कटे पेड़ का तना पड़ा था, तो कहीं एक विराट गजदन्त। गृहस्वामी ने यह सुन्दर कोठी टेहरी के महाराजा से खरीदी थी, किन्तु उसका सौन्दर्य रुक्मणी ने अपने जंगली गोदने से गोद-गोद कर सचमुच ही किसी आदिवासी के चेहरे की ही भाँति वीभत्स बना दिया था। दीवारों पर कहीं लाल रंग की मोटी-मोटी धारियाँ पड़ी थीं और कहीं था एक मोटा काला आकारहीन धब्बा, जैसे कोलतार का पीपा ही उलट दिया गया हो। उस पर रुक्मिणी दिन-रात एक तख्त पर पड़ी ऐसी विचित्र तसवीरें आँकती रहती, जिनका न सिर रहता, न पैर।

पर प्रेमदीवानी चन्दन को डेढ़ ही महीने में अपनी ससुराल का एक-एक पत्थर भी प्यारा लगने लगा था। कभी-कभी वह माँ की याद में उदास हो भी जाती तो रसिक पति न जाने कैसे उसकी उदासी को भाँप लेता।

"चलो चन्दन, आज तुम्हें हम कुतुब दिखा लाएँ।" और हवा के वेग से भगाई कार में वह अपनी नवेली को काँख में दबा-दबाकर पृथ्वी से दूर न जाने किन-किन ग्रह-नक्षत्रों की सैर करा लाता, और वह मायके की हुड़क भूलकर रह जाती। दर्शन कश्मीर से लौट आई थी और उसे एक दिन डँस भी गई "ऐ, जी डौल-ब्राइड! अपने पति का पीना-पिलाना भी छुड़ा दिया या नहीं! उसे छुड़ा सको तो हम भी तुम्हारा लोहा मान जाएँ। इत्ती-सी उम्र में यह बेहूदा बेहद पीने लगा है।"

"क्या पीने लगे हैं?" भोली चन्दन ने आश्चर्य विस्फारित दृष्टि पार्श्व

में बैठे पति के चेहरे पर निबद्ध कर पूछा। उसका सरल प्रश्न और निष्पाप दृष्टि नंगी संगीन-सी ही विक्रम की छाती में धँस गई। उसके जी में आया, वह दर्शन के रँगे चेहरे पर एक झापड़ धर दे।

"शराब! और क्या मैं दूध-चाय पीने की बात कर रही हूँ?" दर्शन ने निर्लज्जता से फिर दाँत दिखा दिए थे।

उस रात को मानिनी का मान भंग करने, विक्रम ने घुटने टेककर शपथ खाई थी कि वह आज से नहीं पिएगा और दर्शन को दिखा देगा कि उसकी पत्नी के सौन्दर्य में कैसी अद्‌भुत शक्ति है।

"विक्रम!"—उसकी छुट्टियाँ खत्म होने ही वाली थीं कि रुक्मिणी ने खाने की मेज पर अपना सुझाव दिया था, "चन्दन, अभी एकदम बच्ची है। तुम्हारी गृहस्थी क्या सम्हाल पाएगी? क्यों नहीं उसे यहीं छोड़ जाते। यहाँ कॉलेज ज्वाइन कर लेगी और छुट्टियों में तुम्हारे पास आती-जाती रहेगी।"

सास के प्रस्ताव से चन्दन वहीं पर अनमनी हो गई थी। रात को वह पति के गले में दोनों बाँहें डालकर बच्ची-सी मचल पड़ी थी। वह यहाँ अकेली नहीं रहेगी। सुमीता, दर्शन—सबसे उसे बड़ा डर लगता है। फिर पढ़ने में कभी भी उसकी रुचि नहीं रही। जहाँ विक्रम जाएगा, वह वहीं जाएगी। दुबली कलाइयों को थामकर पति ने हँस-हँसकर उसे प्रेम-पगे आश्वासन में बाँध लिया था। वह उसे नहीं छोड़ेगा, "तुम्हें जो हम पढ़ा रहे हैं चन्दन, वह और कौन पढ़ा सकता है? इससे अच्छी पढ़ाई और हो ही क्या सकती है?" वह अपने कथन की पुष्टि करने, चेहरा उसके पास ले आया था।

"हट, हट।" कहती उसे दोनों हाथों से दूर धकेलती, सुन्दरी शिष्या हँसती-हँसती फिर अपने उदार शिक्षक की बाँहों में खो गई थी। माँ से बिना मिले ही वह पति के साथ कलकत्ता जाने को स्वयं उद्यत हो गई तो रुक्मिणी मन-ही-मन प्रसन्न ही हुई थी। उसके बिगड़े पुत्र को उसने सचमुच ही छोटी-सी अवधि में साध लिया था। पीना तो दूर, वह अब सिगरेट भी नहीं छूता था। विदेशी मित्र-मंडली स्वयं ही बहिष्कृत हो गई थी। दर्शन आती भी तो विक्रम नहीं मिलता, जली-भुनी वह स्वयं ही थोड़ी देर में लौट जाती।

श्वसुर भी अपनी इस बच्ची-सी बहू पर अनोखा लाड़ लड़ाते। वह उनके सामने छोटा-सा घूँघट निकालकर आती और नित्य वे उसे एक न एक उपहार थमा देते। इसी से जब बहू को लेकर बेटे के नौकरी पर जाने की बात

श्वसुर तक पहुँची, तब उन्होंने अपनी पत्नी से कहा, "पहली बार बहू अपनी गृहस्थी सँभालने जा रही है, पुरोहितजी को पत्रा दिखाकर साईत निकलवा लेना।"

स्वयं उनके श्वसुर थे साहबी रुचि के बैरिस्टर! पुत्री को उनके साथ विदा किया था ठीक अमावस के दिन, तब से वही अमावस जीवन-भर उनके साथ चली आ रही थी। श्वसुर ने शायद जान-बूझकर ही संस्कारी जामाता के अंधविश्वास पर कुठाराघात किया था, किन्तु संस्कारों की जटिल ग्रंथि कटी नहीं। उनके स्टिफ स्टार्चवाले कालर के नीचे अब भी यज्ञोपवीत का पवित्र साया था, इसी से कुछ संस्कार बचे रह गए थे।

"क्या बेवकूफी की बातें करते हो! पन्द्रह को उसे ज्वाइन करना है और आज बारह तारीख है। अब बेकार में पोथी-पत्रा दिखाकर क्या उसे उलझन में डालोगे? कहीं पोंगा पंडित ने कह दिया कि साईत सोलह को पड़ती है तो बेचारा साईत छोड़ेगा या नौकरी?"

पति के साथ, उसे फिर मनचाहा लम्बा एकान्त मिलेगा, यह सोच-सोचकर, चन्दन दो-तीन रातों से ठीक सो भी नहीं पा रही थी। सास ने ढेर-सारी चीजें रख दी थीं, जिससे नई गृहस्थी का तम्बू तानने में उसे किसी प्रकार का परिश्रम न करना पड़े।

कलकत्ते में विक्रम का एक नेपाली मित्र था। उसने बड़े आग्रह से, नवविवाहित जोड़े को निमन्त्रण दिया था कि वह बम्बई जाने से पूर्व उससे मिल जाए। फिर वहाँ से बम्बई की दूरी, वह उन्हें अनायास ही हवाई-यात्रा से पार करा देगा, क्योंकि वह स्वयं इंडियन एयरलाइंस का एक ऊँचा कर्मचारी था।

यात्रा का पहला दिन, हँसी-खेल में ही कट गया था और फिर आरम्भ हुआ था कालरात्रि का प्रथम पहर। खा-पीकर, दोनों पास-पास की बर्थ पर लेटे थे। न जाने किस छोटे-से स्टेशन पर गाड़ी रुकी और तीन-चार फौजी छोकरे से अफसर, उनके एकान्त में व्याघात डालने घुस आए। उन्हें बिना सामान के चढ़ते देख, चन्दन मन ही मन आश्वस्त भी हुई थी। लगता था एक या दो स्टेशन की ह्रस्व यात्रा के वे यात्री, दो-तीन घंटे में ही कहीं उतर पड़ेंगे। रात-भर रहनेवाले होते तो क्या इतनी ठंड में एक छोटा-सा बुकचा लटकाए चले आते? कुछ ओढ़ना-बिछाना तो होता साथ में!

तब क्या वह जानती थी कि उनकी यात्रा का आरम्भ, उनकी यात्रा का

अन्त होगा। वेगवती गाड़ी गति तीव्र करती जा रही थी, उधर उन चारों ने बैग खोलकर बोतलें निकालीं और बड़ी ही अभद्रतापूर्ण निर्लज्जता से बोतलें खोल बँगला में न जाने क्या-क्या कहते, चन्दन को देखते गुटकने लगे। सकपकाकर, निरीह दृष्टि से चन्दन ने पति की ओर देखा, जैसे कह रही हो, 'मुझे डर लग रहा है!' विक्रम का चेहरा तमतमा गया। पति के सुदर्शन चेहरे की वह तमतमाहट, चन्दन आज भी नहीं भूल पाई थी।

"चन्दन, तुम मेरे पास चली आओ।" उसने उसे बड़े अधिकार से पुकारा।

"नहीं चन्दन, तुम मेरे पास चली आओ इधर।" उन चारों में से एक नाटे फिल्मी खलनायक के-से चेहरे पर घनी मूँछोंवाले व्यक्ति ने हँसकर बाँहें फैला दीं। दूसरा उठकर बत्ती के पास गया और हठात् पूरा डिब्बा घुप्प-से अन्धकार में डूब गया।

पति से लिपटी, काँपती चन्दन को उसी व्यक्ति ने बड़ी निर्ममता से अपनी ओर खींचा। फिर तीनों, पत्नी को बचाने के लिए छटपटाते विक्रम को तड़ातड़ घूँसों से मारते, उसी की बर्थ पर चादर से बाँधने लगे। रेलगाड़ी जन्म-जन्मान्तर की बैरन बनी, गति को तीव्र से तीव्रतर करती जा रही थी।

"ऐई जे नैडा—एक बारे बाघिनी जे!"

"अरे गंजे—यह तो एकदम शेरनी है रे!" वही नाटा खूँखार व्यक्ति अपने गंजे साथी से कहने लगा।

पर, चार-चार, नर-व्याघ्रों की मार से और भी खूँखार बन गई बाघिनी, क्या उन्हें पराजित कर सकी?

उधर विवश बँधा उसका पति कराह रहा था—ओफ! क्या अभागों ने उसका मुँह भी बाँध दिया था?

क्या उसकी जान ही ले लेंगे वे? यदि पति की जान नहीं भी ली तो अब, क्या वह अपना अभिशप्त चेहरा उसे दिखा पाएगी?

दूसरा नरव्याघ्र उसे अपनी ओर खींचने ही लगा था कि वह बिजली-सी तड़पी। और कुछ न हो, रेलगाड़ी का द्वार तो वह अँधेरे में भी टटोल ही सकती थी। पूरे वेग से भाग रही रेलगाड़ी का द्वार पाते ही, उसने फिर एक क्षण भी विलम्ब नहीं किया। आठ-आठ भूखी बाँहों को छलती वह द्वार खोलकर कूद गई थी।

मृत्यु और केवल मृत्यु ही अब उसके इस कलुष को मिटा सकती थी।

किन्तु मृत्यु ने भी सहसा अपनी बाँहें पीछे खींच लीं। आज पूरा एक वर्ष बीत गया था और वह अपने अभिशाप के साथ ही जी रही थी...।

पूरा एक वर्ष कितनी जल्दी बीत गया और उन बीते दिनों का एक-एक पल निरन्तर उसे अतीत की ओर खींचता रहा, पर वह भाग नहीं सकी।

क्यों?

इस 'क्यों' का उसके पास, कोई उत्तर नहीं था।

"सिद्धयोगिनी है माया दी।" चरन ने एक दिन मन्दिर के एकान्त में उससे कहा था, "जिसे वह चाहने लगती है, उसे वह छोड़ नहीं सकती। अपनी मन्त्रपूत डोरी से ही बाँधकर रख देती है। तुम्हें बहुत चाहती है, अब देख लेना, चाहने पर भी तुम कभी भाग नहीं पाओगी।"

"पर तुमसे तो इतना चिढ़ती हैं, फिर तुम्हें क्यों नहीं भगा देतीं?" कुछ झुँझलाकर चन्दन पूछ बैठी। पर दूसरे ही क्षण, वह स्वयं खिसिया गई। यह भी भला कोई बात थी पूछने की!

उससे तो, कभी भी किसी ने कुछ नहीं पूछा—वह कौन है, कहाँ से आई है, क्यों चलती गाड़ी से कूद पड़ी? घर क्यों नहीं लौट जाती?

यही तो इस वैराग्य-कन्दरा में रहने का सुख था। किसी को भी, न कोई जिज्ञासा न कोई कुतूहल! क्या गाँजे-चरस के दम ने ही इन दो नारियों की नारी-सुलभ जिज्ञासा को बेदम कर दिया था?

"हाँ ठीक कह रही हो तुम, मुझे माया दी देख नहीं सकतीं। सोचती हैं, मैं उनके गुरु को छीन लूँगी, अपने चेहरे के बल पर नहीं, इस निगोड़े शरीर के बल पर। छीन सकती तो सच, कबका छीन चुकी होती, भैरवी!"

चरन अपना काला चेहरा चन्दन के पास ले आई, गाँजे के दम से आरक्त आँखें देखकर चन्दन समझ गई कि नशे ने ही उसे और भी प्रगल्भ बना दिया है।

"गुरु तो एकदम पत्थर हैं पत्थर।" वह विरक्ति के स्वर में कहने लगी, "आधी-आधी रात को अमावस चीरती गई हूँ श्मशान, उस पत्थर की मूरत की मुट्ठी में चिलम थमा, घंटों खड़ी रही हूँ, कभी आँख उठाकर भी जिसने नहीं देखा, उसे क्या मैं छीन सकती हूँ? यही तो जान गई है वह योगमाया। इसी से न भागती है, न भागने देती है। पर मैं भी तो परीबाबा की मजार पर डोरी बाँध आई हूँ, देखूँ, कैसे नहीं भागने देती!"

और एक दिन, चरन की डोरी ने काँच लगे माँजे की ही भाँति, सिद्धयोगिनी की डोरी काट दी, फिर उस कटी पतंग की डोर माया दी, लाख लपकने पर भी नहीं पकड़ पाई। उनका यह रौद्र रूप देखकर, चन्दन भी थर-थर काँपने लगी थी। खुले बाल, नशे से कपाल पर चढ़ गई लाल आँखें और हाथ में नंगा त्रिशूल! मत्त-भैरवी-सी हो वे नाचने लगी थीं।

"सच बताना, भैरवी, क्या तुम्हें पता नहीं है कि वह कहाँ है? कैसे मैंने इस छोकरी को छाती से लगाकर पाला! ठीक कहती थी विष्णुप्रिया दी! जिस थाली में खाया है, उसी में यह एक दिन छेद करेगी।

कैसा चट-चट जवाब देने लगी थी, मैं जानती हूँ, वह कहाँ गई है। हो न हो, वही मसानी चांडाल उसे ले भागा है।

"एक बार सोचती हूँ, अच्छा ही हुआ, भाग गई। प्रिया दी कहती थी—'भृत्यश्चोत्तरदायकः, ससर्पे च गृहे वासे मृत्युरेव न संशयः।' वह मुँह लगानेवाली चरन दासी यहाँ रहती भी तो साथ में मौत ले आती।" माया दी का अनुमान ठीक था।

चरन खैपा के साथ ही चली गई थी। चरन चली गई थी, इसी से चन्दन ही को मन्दिर की धूनी जलाने जाना पड़ा। माया दी के घुटनों में वात-विकार था, वह उतनी दूर चल नहीं पाती थीं। मन्दिर के मार्ग में ही चन्दन ने देखा, 'श्मशान-विहार' के टीन के द्वार बन्द थे और एक बड़ा-सा ताला लटक रहा था। वह समझ गई कि चरन खैपा के साथ ही भाग गई है। चौथे दिन फिर वह उसी मार्ग से निकली तो देखा, ताला खुल गया था।

अकेले में, खैपा को देखकर चन्दन को न जाने कैसा भय होता था, इसी से वह तेजी से निकल रही थी कि आँधी के झोंके-सी ही चरन, न जाने किस टीले से कूदकर, हँसती-हँसती उसका मार्ग अवरुद्ध करती खड़ी हो गई।

"कि गो लतून भैरवी—खूब फाँकी दिच्छिले तो?"

—"क्यों हे नई भैरवी, खूब बुद्धू बनाकर भाग रही थीं क्यों? माया दी ने तुम्हें भी भड़का दिया है क्या? चलो भीतर, पहले तुम्हें अपने 'कौत्ता' (कर्ता) के हाथ की गर्म-गर्म पेशल चाय पिलाऊँ, तब बातें होंगी।"

आज चरन दासी की वेशभूषा ही निराली थी। माँग में थी पाव-भर सिन्दूर की गाढ़ी रेखा, काले पैरों में महावर की दो अंगुल चौड़ी बाढ़, लाल चटक केले की रेशमी साड़ी और दोनों हाथ भरी चूड़ियों के बीच श्वेत

'शाखा' और 'नोआ' (लोहे की चूड़ी) उधर लाल चेक की बुश्शर्ट और काली चुस्त पैंट पहने खैपा भी, दूसरा ही रूप धारण किए मुस्कुरा रहा था। दोनों के प्रेमतृप्त चेहरों पर एक अनोखी दिव्य छटा ने ब्रुश-सा फेर, कालिमा को चमका दिया था।

"बैठो," उसने अबकी भैरवी को, लकड़ी के एक उलटे खोखे पर, हाथ पकड़कर बिठा दिया और हँस-हँसकर पूछने लगी, "क्यों जी, क्या हाल है हमारी माया दी का? पता नहीं कैसी-कैसी गालियाँ दे रही है खूसट कि रोज गले में खरास लग रही है।"

चन्दन चुपचाप चाय पीती रही, इतने दिनों बाद चाय का वह प्याला उसे अमृत पात्र-सा ही लग रहा था। जब से चरन गई थी, उसने चाय पी ही कहाँ थी! माया दी, न चाय पीती थीं, न पीने देती थीं।

"हमने तो भाई, भैरवी!" चरन कहने लगी, "गृहस्थी बसा ही ली। आज यहाँ का डेरा-डंडा उखाड़ने ही आए हैं। बस यह चांडाली धंधा एकदम खत्म। आज ही दो बारातों को हमने ठीक बोहनी के वक्त भी लौटा दिया, अपने 'हजबैंड' से एकदम बोल दिया 'नो'। अरे, जिस हाथ से मेरी माँग में सिन्दूर भरा है, उस हाथ से अब सूतकियों को चाय थमाएँगे कर्त्ता? क्यों ठीक कहा न भैरवी?" फिर वह खैपा की ओर अपनी भुवनमोहिनी हँसी से सबरा कटाक्ष फेंकती, दोनों टाँगें हिलाती टीन की कुर्सी पर झूला-सा झूलने लगी।

"कलकत्ता में इनके चाचा हैं।" जिस खैपा को यह 'तू' कहकर पुकारती थी उसे अब 'आप' कहती बार-लार स्वर्ग के सिंहासन पर बिठा दे रही थी। "वैसे तो सारे हिन्दुस्तान में उनकी कम्पनी घूमती रहती है, पर आजकल पड़ाव कलकत्ता में है। उनकी सर्कस कम्पनी के मनीजर हैं मद्रासी, इनके काका बाबू उन्हीं का खाना बनाते हैं। कहते हैं, मुझे भी काम दिलवा देंगे। बड़ा मजा आता है, भैरवी! शेरनी की आँखें हैं एकदम अपनी माया दी की-सी। जो चाहो खाओ-पिओ, बिना टिकट के तीन-तीन शो का तमाशा देखो और फिर अपने-अपने तम्बू के पर्दे तान, दिन चढ़ने तक मजे से सोती रहो। रात-भर तमाशा करते हैं कारीगर, इसी से जिसका जितनी देर जी चाहे, उतनी देर सो ले। यह नहीं कि चिमटा कोंच-कोंचकर, ससुमी माया दी सुबह चार बजे जगा रही है। ऐ बड़े-उड़े लोहेदार पिंजरों में चीते, भालू, शेर, बड़े-बड़े हाथी, अजगर। उधर चेहरों पर फलकारी किए जोकर और केले के पेड़-सी मोटी जाँघोंवाली लड़कियाँ—ऐ भैरवी तुम्हारी कसम, रेशमी जाँघिया और

ब्लाउज पहनकर, ऊँचे झूलों में ऐसी छलाँगें लगाती हैं कि मैं तो मारे डर के आँखें बन्द किए, 'जयगुरु जयगुरु' जपती रहती हूँ। नीचे खड़े रहते हैं, बड़ी-ही जाली लिए आठ नौकर। ऐसी बात नहीं है पक्का इन्तजाम रहते हैं मनीजर बाबू। काका बाबू कहते हैं। सीखने पर एकदम वैसी ही छलाँग लगाने लगूँगी तो पूरे डेढ़ सौ रुपया महीना बाँध देंगे। मुश्किल काम नहीं है छलाँग लगानी। काका बाबू बतला रहे थे कि जब तारा और मदा नौकरी करने आई थीं तब ढलढल नाक बहा करती थी, और आज आग के जलते छल्ले के बीच से सर्र से निकल जाती हैं।''

चन्दन के हाथ से चाय का प्याला लेकर चरन ने नीचे धर दिया और फिर चहकने लगी, ''इधर काका, कर्त्ता को 'मौत का कुआँ' में फटफटिया चलाना सिखा रहे हैं, कहते हैं, बड़ा तेज दिमाग पाया है भतीजे ने, एकदम नहीं डरता मौत के कुएँ से। सो हमने कहा, 'डरेगा कैसे खुड़शशूर' (चचिया ससुर), आधी जवानी ही तो मौत के कुएँ में फूँक दी है तुम्हारे भतीजे ने।'—खूब हँसे काका बाबू।

''ऐ भैरवी!' वह चन्दन का हाथ पकड़कर अनुनय-भरे स्वर में कहने लगी, ''चलो न हमारे साथ, तुम्हें तो चेहरा देखकर एकदम ही भर्ती कर लेंगे मनीजर साहब।''

चन्दन बिना कुछ कहे ही उठ गई। बातों ही बातों में उसे माया दी का ध्यान ही नहीं रहा था।

'जल्दी लौट आना, भैरवी!' उन्होंने चलते समय कहा था। उसी आदेश ने, उसे चाबुक-सा मारकर उठा दिया। चरन की आवेग-तरल धारा की एक बूँद भी उसे नहीं छू पाई।

''चलूँ चरन, माया दी के घुटनों में आज बहुत दर्द है।''

वह उठकर जाने लगी तो चरन ने फिर उससे कुछ नहीं कहा। शायद अपने दुःसाहसी आह्वान की व्यर्थता वह समझ गई थी। उस दिन दूसरे ही मार्ग से चन्दन घर लौट गई।

दूसरे दिन, जब वह मन्दिर की झाड़-पोंछ करने गई तो श्मशान-विहार के टीन-टक्कड़ सब नदारद थे। चरन चली गई थी। माया दी अब भी उस अकृतज्ञ लड़की को क्षमा नहीं कर पाई थीं। वर्षों से, जिसकी सेवा की वे अभ्यस्त हो चुकी थीं, उसके एकदम चले जाने से वे स्वयं ही अपनी पराजय

से मूक बन गई थीं। कहाँ पर चूक हो गई थी उनके तन्त्र-मन्त्र में? क्या स्वयं उनके ही चित्त के विकार-व्याल ने, उनकी शक्ति को डँस लिया था? उसकी-सी चिलम अब कौन सजा सकता था? फिर लाख दोष हों छोकरी में, पैर दबाने में, रोटी बनाने में, समय-असमय गुरु को चिलम पहुँचाने में कौन पा सकता था उसे? उस पर निरन्तर उसे गलियाने की अभ्यस्त माया दी की जिह्वा के लिए, अब मनोरंजन ही क्या रह गया था?

चन्दन को वे क्या उसकी तरह डाँट सकती थीं? और वह कलूटी, जिसे चाहने पर ही, टुकड़ों पर गली के कुत्ते की भाँति, वह दुत्कार और पुचकार सकती थीं—उन्हें छोड़ गई।

'खुद भुगतेगी हरामजादी।' वह आप ही आप कभी रात को उठ-उठकर ऐसे बड़बड़ाने लगतीं कि चन्दन को लगता कि उनका दिमाग भी फिर रहा है। दिन-रात डाँटने-मारने पर भी शायद अनजाने में, उन्होंने उस पालिता दुर्दान्त किशोरी को प्यार भी किया था। इसी से उसकी प्रवंचना उन्हें और भी गहरा धक्का दे गई थी।

"जाना ही था, तो मुझसे कहकर जाती। मैं क्या उसे रोक लेती, भैरवी? कहीं तुम तो मुझे ऐसे छोड़कर नहीं भागोगी?" आधी रात को वह उसे खींचकर छाती से लगा लेतीं और अकारण ही देर तक सिसकती रहतीं।

पर भैरवी नहीं भागी, भाग गई स्वयं योगमाया!

इधर चरन के जाने के बाद गुरु को चिलम पहुँचाने चन्दन ही जाती थी। पहले-पहले उसे भय भी हुआ था, किन्तु ठीक ही कहती थी चरन! चिलम, क्या वह किसी भी हाड़-चाम के पुतले को थमाती थी? वह तो जैसे ठोस पत्थर की मूर्ति बढ़ाकर चिलम थाम लेता।

किन्तु एक दिन चिलम थमाकर गुरु ने पुकारा, "भैरवी!"

उसका कलेजा धड़कने लगा, किन्तु, धूनी धूम्र से अवसन्न धुँधलके में अनोखे तेज से दमकता चेहरा देखकर, भय की बेड़ियाँ स्वयं कट गईं।

"तुम अंग्रेजी पढ़ी हो न?" आँखें बन्द थीं—केवल मूर्ति के दो होंठ हिल रहे थे।

"जी!"

"तब तुम्हें एक काम करना होगा—हमको हिन्दी ठीक नहीं आती।" आँखें अभी बन्द थीं। विचित्र दुर्गन्धमय धुएँ की एक विलम्बित रेखा, घूमती-घामती चन्दन के इर्द-गिर्द चक्कर काटने लगी।

"मैं तुम्हें कुछ अंग्रेजी की पुस्तकें दूँगा, तुम उन्हें हिन्दी में लिखना, हम भी हिन्दी लिख लेगा।"

आँखें पूर्ववत मुँदी ही रहीं, किन्तु होंठ हँसने लगे—कैसा दिव्य स्मित था गुरु का! दूसरे दिन से, गुरु साधना को निकलते तो कई मोटी-मोटी पुस्तकों में लाल पेंसिल की रेखाएँ खींचकर उसे थमा जाते। प्रत्येक पुस्तक में, गुरु का नाम, उनके सुन्दर अक्षरों में लिखा रहता—भैरवानन्द! ऊपर लिखे यत्न से काटे-कूटे नाम को भी चन्दन ने पढ़ लिया था, शिवशंकर स्वामीनाथन। निश्चय ही यह भी उनका ही नाम था। चेहरे से, बोलने के ढंग से वे पक्के दक्षिणी लगते थे, उस पर स्वयं माया दी ने भी एक दिन कहा था, 'गुरु, इस बार शायद फिर दक्षिण चले जाएँगे--वहीं तो घर है उनका।'

कौन थे यह स्वामीनाथन? कैसे, अघोरी साधना-चक्र के जाल में बन गए स्वामी भैरवानन्द? यह सब चरन भी नहीं जानती थी। माया दी उन्हें कुम्भ के मेले में मिली थीं, इतना ही उसे पता था। पहले माया दी थीं बाल-विधवा और वल्लभी अखाड़े की वैष्णवी, फिर वहीं से सधवा बनकर चल दी थीं किसी घरबारी नाथ-जोगी के साथ और फिर जब हरिद्वार के कुम्भ में गुरु को देखा, तब अपनी सुखी गृहस्थी स्वेच्छा से ठुकराकर इन्हीं के पीछे चली आईं।

'माया दी!' एक दिन दुष्टा चरन ने नशे के झोंक में झूम रही माया दी को चन्दन के ही सामने छेड़ दिया था, 'आप कब से जानती हैं गुरु को?'

'जन्म-जन्मान्तर से जानती हूँ री, चरन!' और माया दी न जाने कैसी आत्महारा दृष्टि से उन दोनों को देखकर हँसने लगी थीं।

'खबरदार छोकरी, आज तो पूछ लिया, पर आगे से ऐसी बात कभी मत पूछना। मूरख कहीं की, क्या पार्वती से किसी ने पूछा था कि वह शिव को कब से जानती है?"

इधर, चरन के चले जाने से माया दी वैसे ही बहुत बदल गई थीं, फिर जब से गुरु चन्दन से हिन्दी सीखने लगे, तो वह और भी अनमनी हो गई।

गुरु के जाते ही अपना काम निबटाकर चन्दन बस्ता सँभालकर लिखने बैठती तो माया दी नहा-धोकर वहीं बैठ जातीं। न साबुन लगाती थीं, न और कुछ, फिर भी खुशबूदार साबुन की बट्टी-सी ही महकती थीं माया दी, जैसे संदली अगरबत्ती का बंडल खोलकर नाक के सामने धर दिया हो।

"क्या-क्या लिखने को दे गए गुरु, जरा मुझे भी तो सुना दो, भैरवी?"

और चन्दन उन्हें एक-एक पंक्ति का अनुवाद कर सुना देती :

'आई एम द लार्ड ऑफ ऑल माई सैन्सिज
ऑल अटैचमैंट्स हैव आई शैड
ईवन फ्रीडम ल्योर्स मी नॉट
चेन्जलैस एम आई—फॉर्मलैस
एंड ओमनीप्रेजेन्ट
आई एम शिव, शिव इज इन मी!''

(मैं जितेन्द्रिय हूँ, मोह के समस्त बन्धन मैं तोड़ चुका हूँ—मुक्ति भी मुझे अब नहीं लुभा सकती—मैं अपरिवर्तनशील हूँ—निराकार सर्वव्यापी शिव हूँ, मैं—शिवोहं शिववोंह!)

साथ ही दोनों हाथ मस्तक से टेक माया दी कह उठतीं, ''जय गुरु, जय गुरु, जय गुरु, किसने तुम्हें ऐसे खुली पुस्तक-सा बाँच दिया?'' झर-झरकर माया दी की आँखों से आँसू बहने लगते और वह मूर्ति-सी बनी एकाएक स्थिर, अचल हो उठतीं।

किन्तु एक दिन का अनुवाद चन्दन उन्हें नहीं सुना पाई।

लाल पेंसिल से गहरी लालिमा में रँगे उस दिन कई पन्ने, गुरु कैसे उसे थमा गए थे! उस दिन कैसा बदला-बदला चेहरा लग रहा था उनका!

''आज बहुत काम दे गया हूँ, कुछ कठिन भी हैं पद्य, तुम कर पाओगी?''

और उसने पुस्तक थाम, बिना देखे ही गर्दन हिला दी थी।

अनुवाद करते-करते उसे अब अपने गुरु के दिए इस गृह-कार्य में आनन्द भी आने लगता—चिन्मय शिव तत्व की ज्योति आँखों के सामने जगमगाती रहेगी तो क्या वह अन्धी थी, जो नहीं देख पाएगी!

तन्त्र-मन्त्र, कुंडलिनी शक्ति, षट्चक्र, इंगला-पिंगला, सुषुम्ना, सहज समाधि, प्रत्याहार प्राणायाम, सबकुछ तो उसके सहजिया सिद्ध उसे जाने-अनजाने पढ़ाने लगे थे।

वह घंटों बैठी लिखती रहती और पास बैठी माया दी एक-एक पंक्ति का अनुवाद सुनतीं।

'इन टू द फायर, व्हिच इज द सुप्रीम सेल्फब्राइटेंड बाई द पोरिंग अव द घी अब मेरिट एंड डिमेरिट—आई, बाई द पाथ अव सुषुम्ना, एवर सेक्रीफाइस द फन्क्शन्स अव द सेन्सिज, यूजिंग द माइंड ऐज द लेडल।''

अचानक वह माया दी को आगे की पंक्तियों का अनुवाद नहीं सुना

सकी। उसके दोनों कान सहसा लाल होकर दहकने लगे। वह क्या लिख गए थे। गुरु?

'ह्वेअर कुड वन फाइंड, एनअदर एक्जाम्पिल ऑफ सच ब्यूटी?

'द वेअर सर्फेस ऑफ हर मिरर इज अनवर्दी ऑफ द फेस, ह्विच इट रिफ्लैक्ट्स।

'लाइक द स्वार्म्स ऑफ बीज, फ्लाइंग टू द पारिजात, लाइक द सोल्स ऑफ द सेजिस, एम्पाइरिंग टू द मेडिटेशन ऑफ आत्मन, सो डू द आइज ऑफ मैन, ले एसाइड ऑल एक्टीविटी एंड डाइरेक्ट देमसेल्व्ज टूवर्ड स हर अलोन।'

"सुनाती क्यों नहीं, भैरवी? क्या समझ नहीं पा रही हो?"

माया दी की आँखें चपल होकर नाचने लगी थीं। कहीं अंग्रेजी न जानने का झूठा बहाना तो नहीं बना रही थी वे?

क्या पता, पढ़कर सब समझ चुकी हों। उनकी ओर देखकर चन्दन क्या कभी उनका आदेश आज तक टाल सकी थी?

वह रुक-रुककर कहने लगी, "कहाँ मिलेगा ऐसा सौन्दर्य? उस सुन्दरी का दर्पण भी उसके मुख को प्रतिबिम्बित करने की क्षमता नहीं रखता। पारिजात की सुगन्ध से खिंची भ्रमरावलि-सी आत्मन् में एकाकार होने की आकांक्षा में साधनारत तपस्वियों की आत्मन्-सी—उसे देखते ही मानवमात्र की दृष्टि सब कुछ छोड़ इसी की ओर खिंची चली जाती है।"

माया दी का चेहरा बिना नशा किए ही नशे में तमतमा उठा। उसके हाथ से कागज छीनकर उन्होंने फाड़ दिया और पत्ते-सी काँपती खड़ी हो गईं।

"कुछ नहीं लिखना होगा अब तुम्हें। चुपचाप जाकर मेरे कमरे में सो जाओ। मैं गुसाईं से निबट लूँगी।"

बड़ी रात को गुरु लौटे। चन्दन की आँखों में नींद नहीं थी। माया खड़ाऊँ की खरपट सुनते ही धूनी उकसाने उठ गईं। थोड़ी देर में वह उनकी गर्जना सुनकर उठ बैठी।

माया दी का कंठ-स्वर क्रुद्ध होने पर अद्भुत रूप से कर्कश हो उठता था, जैसे किसी माईक में मुँह डालकर कोई मेघ गरज रहा हो।

"क्या-क्या लिखकर दे गए हो उसे? अब क्या महागुरु मत्स्येन्द्रनाथ की

तरह सिद्धामृत मार्ग छोड़ धाममार्गी बनोगे, गुरु? छिः-छिः! मैं इस आश्रम में अनाचार नहीं होने दूँगी, समझे? यहाँ बीस-बीस नरमुंड साधकर मैंने गुरु का त्रिशूल गाड़ा है। तुम यहाँ सोचते हो, मैं मूर्ख हूँ? जिस अधोमुखी त्रिकोण में डूबने उतर रहे हो, वह क्या यह अभागी माया देख नहीं सकती?''

माया दी की गुरुगर्जना और भी उच्च अवरोह में चढ़ती जा रही थी, उधर गुरु जिन्हें देखकर वह, चरन यहाँ तक कि स्वयं माया दी कभी थर-थर काँपती थीं, वे थे चुप। एक ओर था दहकता ज्वालामुखी पर्वत और दूसरी ओर स्थिर अचल हिमभूधर।

''जय गुरु जालन्धर!'' माया दी त्रिशूल को फटाफट धरती पर मारती फिर चीखने लगी थीं, ''चुप क्यों हो, कहो गुरु जालन्धर की शपथ खाकर! देह से पवित्र हो, यह मैं जानती हूँ, पर क्या मन से भी पवित्र रह पाए हो?''

फटाक-फटाक कर खड़ाऊँ एक बार फिर खटकीं और फिर सब शांत हो गया।

बहुत देर बाद माया दी उसके पास आकर लेट गईं। एक-एक साँस से चिलम की सुगन्ध उठ रही थी।

''अच्छा है, चले गए। तू तो एकदम भोली है, भैरवी! पर अनर्थ होते देरी नहीं लगती। मरद का मन, चाहे वह लाख साधे, औकात में होता है एकदम देसी कुत्ता! सामने हड्डी रख दो, तो कितना ही सिखाया-पढ़ाया हो, कभी लार टपकाए बिना रह सकता है? सो गई क्या?''

वह पास लेटी चन्दन के माथे पर हाथ फेरने लगीं, ''बड़ी अच्छी है तू, वह चरन होती तो अनर्थ घट गया होता।'' पर नहीं, उन्होंने एक लम्बी साँस खींचकर हाथ खींच लिया, ''अब मायामोह नहीं बढ़ाऊँगी। मेरे पुराने अखाड़े की गुरुबहन, विष्णुप्रिया अब दिल्ली में है। है तो वल्लभी अखाड़े में, पर खाने-पीने का खूब सुख है और फिर प्रिया, तुझे सिर-आँखों पर बिठाकर रखेगी। कई बार मुझे लिख चुकी है—अपनी चरनदासी-सी एक टहलुवा छोकरी ढूँढ़कर भेज दो। इधर रानीजी ने अपनी बिटिया का छतरी बनवाई है, वहीं उसे भी एक कोठरी दे दी है, मन्दिर की देखभाल भी करती रहती है। तुझे वहीं पहुँचा दूँगी। प्रिया को तुमने देखा भी है, क्यों?''

प्रिया दी को चन्दन देख चुकी थी। एक बार अपनी गुरुबहन का अता-पता पूछती विष्णुप्रिया इस अरण्य में भी उसे ढूँढ़ती पहुँच गई थीं। गोरी-उजली

सी विष्णुप्रिया बड़ी ही मीठी आवाज में कीर्तन गाती थीं, पर उससे भी मीठा था उनका स्वभाव! पर उनका अखाड़ा था दिल्ली में।

और जो स्वयं उसके गुरु का अखाड़ा था दिल्ली में, वह क्या माया दी जानती थीं!

वह नित्य का काम-धन्धा निबटाकर मन्दिर की झाँड़-पोंछ के लिए चली गई। मन्दिर से लौटते-लौटते उस दिन उसे बड़ी अबेर हो गई थी।

पिछली रात की उत्तेजना से माथे की नसें झनझना रही थीं! धूनी रमाई, उसी से जलते अंगारे चिलम पर धरे, फिर हाथ स्वयं चला गया मूर्ति के पीछे। गहरा दम लगाकर वह फिर मन्दिर के ठंडे फर्श पर न जाने कब तक बेहोश पड़ी रही। कैसा सुख था उस निद्रा में। दोनों हाथ पकड़कर जैसे कोई आकाश में लिए जा रहा था। जब आँखें खुलीं, तब दिन डूब चुका था। वह हड़बड़ाकर उठी और मार्ग टटोलती बाहर आई। दूर जलती चिता की लालिमा डूबते सूर्य से हाथ-सा मिला रही थी।

'जय गुरु जालन्धर'—वह माया दी का सिखाया उनके कापालिक गुरु का नाम जपने लगी।

'दो अक्षर गुरु के नाम के लेना, भय स्वयं ही भाग जाएगा।' माया दी कहती थीं।

पर आज क्या कहेंगी माया दी? इतनी देर तक कहाँ थी? क्या कर रही थी? क्या चरन की भाँति उसे भी आज माया दी अपने संदिग्ध दृष्टि के अग्निबाणों से झुलसा देंगी?

वह एक प्रकार से दौड़ लगाती हाँफती-हाँफती गुहाद्वार तक पहुँची तो संध्या के घनीभूत अन्धकार ने गुफा पर काला कम्बल फैला दिया था।

द्वार बन्द था।

"माया दी!" उसने कुंडी खटकाई।

"चन्दन, चन्दन!" माया दी कराह रही थीं।

चन्दन किसी अनिष्ट की आशंका से ठिठककर खड़ी रह गई, फिर उसने द्वार को धकेला, खट से मुँदे पट खुल गए। वह तेजी से भीतर गई। सिन्दूर पुते त्रिशूल के नीचे गैरिक पोटली में कसकर बँधी पिटारी से क्रोध की फूत्कारें उठ रही थीं, और वहीं पर पड़ा माया दी का शरीर घायल यंत्रणा में ऐंठ रहा था।

"चन्दन!" अजब लटपटे स्वर में माया दी एक बार फिर कराहीं।

"क्या हो गया, माया दी?" चन्दन ने उनके ऐंठते, टेढ़े पड़ रहे चेहरे को दोनों हाथों में साधकर पूछा।

एकदम भैंगी दृष्टि से उसे देखकर वह बोलीं, "डँस लिया बैरी ने। दूध देने गई और यह देख।"—तर्जनी पर विषैले दन्तक्षत उभर आए थे।

"गुरु की यही इच्छा थी भैरवी, जो कभी उनकी साधना-मार्ग की पुष्पलता थी, वही बन गई कंटकों की बेल—उखाड़कर दूर फेंक दिया—ठीक ही किया। जय गुरु, जय गुरु!"

"माया दी, क्या बक रही हो, लाओ मैं अँगुली कसकर बाँध दूँ।" वह काँपते हाथों से अपना आँचल फाड़ने लगी, पर आँखों के उमड़ते अश्रुवेग ने उसे अन्धी बना दिया।

क्या सचमुच ही माया दी नहीं बचेंगी? कितना बदलता जा रहा था चेहरा!

"मत बाँध भैरवी, प्रेमज्वर में मत्त नाग ने डँसा है मुझे। संसार का कोई झाड़नेवाला भी अब उसका विष नहीं उतार सकता। देखती नहीं, अभागा सर्पिणी के लिए ही तो व्याकुल होकर फुफकारें छोड़ रहा है। ओई जे, सोहागेर आक (वह है प्रेम की पुकार)।" उस यंत्रणा के बीच भी आनन्दी माया दी ने हँसने की चेष्टा की, पर मुँह टेढ़ा हो गया और ढेर सारा फेन निकल आया, जैसे साबुन का टुकड़ा चबाकर थूक रही हों।

"आँखें मुँदी जा रही हैं भैरवी! मेरे सिरहाने बैठकर काँसे की थाली पीट। क्या पता, मरने से पहले उन्हें देख सकूँ!"

चन्दन उनकी उलझी लम्बी जटाओं को सहलाने लगी थी कि ही लट उसके हाथ में आ गई।

आसन्न मृत्यु चन्दन से सटकर खड़ी थी।

'साँप के काटे मनुष्य के बाल जब छूते ही जड़ से निकल आते हैं' चरन ने एक दिन कहा था, 'तब समझ लो, अब उसे कोई नहीं बचा सकता।'

माया दी की बड़ी-बड़ी आँखें झपकती जा रही थीं। चन्दन काँपते हाथों से काँसे की थाली पीटती; उन्हें जगाने की व्यर्थ चेष्टा कर रही थी।

"माया दी!" वह उन्हें कन्धा पकड़कर हिलाने लगी। सहसा टेढ़े हो, गए चेहरे का तेज बुझते दीये की लौ की ही भाँति एक बार फिर लौट आया।

ऐंठता शरीर साधारण चन्दन को धक्का देती माया दी तनकर बैठ गईं। उनकी देह थर-थर काँपने लगी। ठीक ऐसी ही काँपती थी, चन्दन की जागेश्वर

वाली विधवा बुआ। जरा-सा छुआछूत का वहम होते ही उन पर देवी उतर आती। माँ के चूल्हे से जलते अंगारे हाथ से निकाल बुआ मुँह में धरकर ऐसे कचर-कचर चबा जातीं, जैसे फटी सुपारी खा रही हों।

चन्दन के त्रस्त-विस्मृत शैशव को माया दी की भयानक मूर्ति एक बार फिर झकझोर गई। नीला पड़ गया चेहरा, ठुड्डी पर बिखरीं फेनोज्ज्वल बंकिम हँसी, और आँखें जैसे सामने बुझी राख में छिपे दहकते अंगारे हों। वह जैसे सामने बैठी चन्दन को भी नहीं देख रही थी। किसी अदृश्य मूर्ति पर उनकी स्थिर दृष्टि निबद्ध थी।

"आनन्दस्वरूपिणी, बुद्धिस्वरूपा, शक्ति ही है। आलोक और अन्धकार– वही रात्रि है और वही ऊषाकाल, वही है मृत्यु और सहस्र सुन्दरियों के रूप में मुस्काती वही है तारों की छटा, कुमारी का सौन्दर्य और सहचरी का साहचर्य! गुरु, देखना, सब याद है मुझे?"

अनोखे गर्व से उल्लसित होकर वे फिर निढाल होकर चन्दन की गोदी में लुढ़क गईं। कौन कहेगा कि माया दी अपढ़ हैं? क्या-क्या बक रही थीं, और कैसी-कैसी बातें। पर समय बीतता जा रहा था, और एक-एक पल, घातक विष की व्यापकता भी बढ़ रही थी, काँसे की थाली पीट-पीटकर ही तो उन्हें बचाया नहीं जा सकता था। पर क्या करे? कहाँ जाए, उन्हें अकेले छोड़कर? गुरु ऐसे असमय लौटते ही कब थे, फिर जब से उन्हें माया दी ने फटकारा था, बस पता नहीं कहाँ चले गए थे?

यह भी सम्भव था कि वे लौटें नहीं।

पर गुरु उस दिन असमय ही लौट आए। अपनी अनुपस्थिति में आ गई विपत्ति को क्या उन्होंने अपने योगबल की खुर्दबीन से देख लिया था?

मूर्ति-सी स्थिर बैठी चन्दन को देखते ही उनके कठोर चेहरे की एक-एक रेखा स्निग्ध हो गई।

बिना कुछ पूछे ही वे घुटने टेककर चन्दन के पास बैठ गए। उसकी गोदी में सिर धरे निश्चेष्ट पड़ी माया दी की शिथिल पड़ी कलाई को उन्होंने अपने कठोर पंजे में जकड़ लिया।

"माया माया!" वह निर्विकार नीले चेहरे पर झुककर पुकारते निराश होकर बैठ गए।

उनकी सूखी जटा की एक लट चन्दन का चिबुक स्पर्श कर गई, पर वह उसी अडिग मुद्रा में बैठी रही।

क्या यह विचित्र अघोरी एक बार भी नहीं पूछेगा कि माया दी को क्या हो गया है? वह तो केवल झुक-झुककर नाड़ी ही देख रहे थे।

"बेहोश होने से पहले इसने कुछ कहा था क्या?" गुरु का स्वर जैसे दूर किसी जंगल में गूँज रहा था।

चन्दन चुप रही।

कैसे कहेगी, वह माया दी का सन्देश?

'गुरु ने ही मुझे इसी धूनी के पास प्रबोध चन्द्रोदय की कहानी सुनाई थी भैरवी!' माया दी ने कहा था, उससे पूछना—'मेरे कौलाचार्य, अन्ततः तुमने नई भैरवी को ही क्या पार्वती बनाया?'

'उन्हें तुम कापालिक गुरु भैरवानन्द मत बनने देना भैरवी—तुम भाग जाना, दूर चली जाना, बहुत दूर।'

क्या वह यह सब गुरु से कह सकती थी?

माया दी की रक्तचन्दन-पुती छाती भी बैंगनी पड़ने लगी। साँस अभी भी चल रही थी, पर रातों की दोनों पट्टियाँ कस गई थीं।

"भूल मेरी ही थी, माया।" गुरु स्वयं ही बड़बड़ाने लगे, "मैं जानता था, एक दिन यही होगा। इसे पन्द्रह दिन पहले ही जंगल में छोड़ देता तो यह अनर्थ नहीं घटता।"

धीरे-से गुरु ने माया दी का मस्तक अपनी गोदी में धर लिया, और फिर न जाने किस भाषा में बड़बड़ाने लगे।

कभी उनके साँवले चेहरे की नसें तन उठतीं, कभी थककर गर्दन माया दी के चेहरे पर झुक आती।

क्या उनके विष को नीलकंठ अब स्वयं अपने कंठ में धारण कर रहे थे?

कितनी देर तक उनके तन्त्र-मन्त्र चलते रहे, पर अब माया दी की साँस भी रुक गई थी। गुरु जैसे मोह निन्द्रा से जागे।

"भैरवी!" उन्होंने चन्दन की ओर बिना देखे ही उसे पुकारा, जैसे हृदय में छिपे विकार से व्यर्थ बन गई उसकी साधना की पराजय चन्दन ने भी देख ली हो..."गरमी के दिन हैं, अब मृत देह को और यहाँ रखना ठीक नहीं। चिताग्नि तो इसे दे ही नहीं सकता, जलसमाधि के लिए भी बड़ी दूर ले जाना होगा। वो खाई का पानी इतना गहरा नहीं, अजया या फिर इच्छामती नदी में देह प्रवाहित करनी होगी। तुम अकेली डरोगी तो नहीं?"

मोहमयी दृष्टि एक बार फिर तरल स्निग्धता से छलकने लगी।

अज्ञात भय धड़कता चन्दन का कलेजा मुँह को आ गया।

"नहीं।" उसने दृढ़ स्वर में कहा।

"तब ठीक है, मुझे लौटने में देर हो सकती है, घबराना मत, द्वार भीतर से बन्द कर लेना।"

उन्होंने माया दी की निर्जीव देह अपने चौड़े कन्धे पर ऐसे डाल ली, जैसे निचोड़ी गई धोती हो, फिर दूसरे से क्रुद्ध फुँफकारों से काँपती गैरिक पोटली को उठाकर बोले, "डँसी गई देह के साथ ही इस डँसनेवाले प्रवंचक को भी आज जलसमाधि दूँगा।"

फिर न जाने किस ओर देखकर हँसते-हँसते लम्बी डगें भरता वह रौव अघोरी तेजी से बाहर निकल गया।

चन्दन ने लपककर कुंडी चढ़ा दी।

ओफ, कैसा विकट रूप था गुरु का! जैसे स्वयं साक्षात शिव ही दक्षकन्या की निर्जीव देह लिए सृष्टि का संहार करने के लिए निकल पड़े हों!

'तुम डरोगी तो नहीं, भैरवी?'

उस स्निग्ध दृष्टि को तो उसने पहचान लिया था।

अरहर के खेत में पति से लिपटी वह नवोढ़ा, बहुत पूर्व ही उस दृष्टि को पहचान चुकी थी। विक्रम, उसे खेत में ही छोड़ कुएँ की रहट पर भूल आया अपना कैमरा लेने गया था और जाने से पहले इसी दृष्टि की स्निग्धता में सराबोर कर गया था...'तुम अकेली डरोगी तो नहीं, चन्दन?'

वह काँप उठी।

'इस कन्दरा में अनाचार मत होने देना, भैरवी!' यही था माया दी का अन्तिम आदेश।

सोचने-विचारने का समय था ही कहाँ? माया दी का कमंडलु ही था उनका अटैची, बैंक सबकुछ। उसी में से मुट्ठी-भर रुपये निकालकर चन्दन ने कमर में खोंसे, फिर खोजी विष्णुप्रिया दी की चिट्ठी, उन्हें भी तो खबर देनी होगी। सिरहाने, पुआल के तकिए के नीचे माया दी अपनी नेपाली भुजाली रखती थीं, उसे निकालकर अपनी कमर में खोंसने लगी तो पकड़, प्रच्छन्न पश्चात्ताप से स्वयं शिथिल हो गई। जिसकी देह भी अभी प्रवाहित नहीं हुई होगी, उसको लूटपाटकर वह 'दस्यु-कन्या' भाग रही थी।

पर माया दी, तुम्हीं ने तो यह आदेश दिया है मुझे—'भाग जाना भैरवी—दूर, बहुत दूर।' वह स्वयं अपने को आश्वासन देती, द्वार खोलने बढ़ी तो स्तब्ध रह गई।

द्वार बाहर से भी बन्द था।

उसे भीतर से कुंडी चढ़ाने का आदेश देकर, क्या गुरु आश्वस्त नहीं हुए? स्वयं भी उसे बन्दिनी बना गए। वह खिड़की खोलकर देखने लगी। एक बार ऊँचाई देखकर झिझकी, फिर माया दी की ही भगवा धोती का एक सिरा, खूँटी से बाँध, दूसरा अपनी कमर से कस वह जंगली बिल्ली-सी सरसराती उतर गई।

जिस भगवा धोती ने कमर बाँधकर उसे मृत्युरूप से बाहर खींचा था, उसी ने आज मुक्ति भी दे दी।

कमर का फेंटा खोल उसने एक बार उस खिड़की को देखा और फ़िर तेजी से भागने लगी। कहीं भी मोड़ पर, उसे वह सहजिया साधक पकड़ सकता था। हाँफती, वह मजार के पास पहुँची तो उस अरण्य में, आधी रात को नन्हा जादुई चिराग चल रहा था। लोबन की खुशबू से तर नीम की बयार पसीने से लथ-पथ अधमरी चन्दन पर पंखा-सा डुलाने लगी।

इस अरण्य में, इतनी रात को भी कौन जलाता होगा, यह दीपक और लोबान? क्या यह भी किसी भक्त की आत्मा का चमत्कार था? चन्दन के रोंगटे खड़े हो गए? दीये की काँपती लौ में, मजार पर बँधे रंगीन डोरे भी हिल-हिलकर टेढ़ी-मेढ़ी छाया के चित्र खींचकर कँपा रहे थे।

चन्दन घुटने टेककर बैठ गई, उसने अपने भगवा आँचल का चीर फाड़कर पाए से बाँध दिया, आँखें बन्द कर न जाने किस मनौती में उसके होंठ बुदबुदाए, फिर वह गहरे आत्मविश्वास से मुस्कुराती उठ गई।

मजार से निकला एक टेढ़ा-मेढ़ा पथ सीधा चला गया था, 'तालित'। वहीं पर जो भी गाड़ी मिलेगी, उसी में बैठ जाएगी वह।

'हम ऐसे ही चल देंगे चन्दन!' कभी किसी ने कहा था, 'जिस स्टेशन पर तबीयत करेगी, वहीं उतर पड़ेंगे और जिस ट्रेन को देखकर मन ललचेगा, उसी पर चढ़ जाएँगे।' विक्रम ही क्या उसके कान के पास आकर फुसफुसाने लगा था।

हाँफती-काँपती वह स्टेशन पर खड़ी, उस रेलगाड़ी के जनाने डिब्बे में चढ़ गई।

सुबह का उजाला ठीक से फैला भी नहीं था कि गाड़ी उसके बैठते ही चल दी, जैसे अब तक उसी की प्रतीक्षा कर रही हो। आज तक जो अरण्यवासिनी, अपनी ब्लाउजविहीन वेशभूषा की ओर से एकदम उदासीन थी, अचकचाकर डिब्बे की महिला यात्रिणियों को देखकर लजा गई। किसी मेले की भीड़ लौट रही थी। उस जन-कोलाहल के बीच उसकी सभ्य चेतना एकाएक लौट आई। छिः-छिः, ऐसी अर्द्धनग्न देह देखकर सब क्या कहेंगी! अंग की गेरुआ चादर से उसने हाथ-मुँह सब लपेट लिया।

न पास में टिकट था, न कोई संगीसाथी। गेरुआ पोटली-सी बनी वह एक कोने में बैठ गई। गाड़ी के चलते ही मेले की भीड़ में दो कर्कशा ग्राम्याओं का भयानक द्वन्द्वयुद्ध छिड़ गया। क्षण-भर को उस पर टिकी कुतूहली दृष्टियों का फोकस, अब नवीन मनोरंजक युद्ध पर केन्द्रित हो गया। झगड़ा तब खत्म हुआ, जब भीड़ का गन्तव्य स्टेशन भी आ चुका था। चन्दन अब उस डिब्बे में अकेली रह गई थी।

एकान्त के क्षणों में ऐसी ही एक यात्रा की स्मृति उसका कलेजा कचोटने लगी। वे चार वीभत्स चेहरे, कुत्तों की भाँति उसे झँझोड़ते चारों दानव और कराहते पति की भर्राई पुकार, 'चन्दन, चन्दन!' उसका सर्वनाश देख चुका था विक्रम, फिर भी वह किस दुःसाहस से मजार पर डोरी बाँध आई?

एक बार उसके जी में आया, वह उतरकर फिर वापस भाग, उस डोरी को खोल-खाल हवा में उड़ा दे। लगता था, वह गाड़ी एक-एक सिगनल को सलामी देती, रुक-रुककर लँगड़ाती चली जा रही है। न उस डिब्बे में कोई चढ़ा, न कोई टिकट ही देखने आया। जहाँ किसी स्टेशन के आने का आभास मिलता, वह भागकर गुसलखाने की चिटखनी चढ़ा छिप जाती, पर वह आखिर कब तक, यह लुका-छिपी खेल सकती थी?

अदृष्ट गन्तव्य आया और उसका कटा डिब्बा भी कटी-सी गाड़ी के साथ जुड़ा, यार्ड के सीमान्त में जाकर खड़ा हो गया। चहल-पहल एकदम ही शान्त हो गई, तब वह डरती-डरती पिछवाड़े का द्वार खोल बाहर निकल गई। छोटे-से लोहे के फाटक को अरक्षित देख, कूदने में उसने विलम्ब नहीं किया।

बाहर आई और परिचित शहर ने उसकी गेरुआ चादर खींच सहसा नंगी कर दिया।

'लाख छिपो हे नूतन भैरवी! हमसे क्या खाक छिप सकोगी?'

लोहे की छड़ों से लदी-फदी ट्रकें, आधा कलेवर पीताभ किए घूमती

टैक्सियाँ, बहुरंगी मोटरें और स्कूटर। निरन्तर बह रहे और जनप्रवाह को बहा रहे भीड़ के रेलमपेल के बीच वह हतबुद्धि-सी खड़ी थी, जैसे मेले में खो गई भीड़ में भटकती कोई गाँव की हकबकाई बालिका हो।

"ऐई जे लतून भैरवी गा, तुई को कोथाय थेके ऐली।"

(अरे यह तो नूतन भैरवी है, क्यों तुम कहाँ से आ गईं यहाँ?)

गैरिक दरी में बँधा बिस्तरा, सिर पर धरे हँसती-हँसती विष्णुप्रिया दी ने उसका हाथ पकड़ लिया।

"क्या अकेली आई हो या माया भी है संग में? लो अच्छा हुआ मैं मिल गई, हाय राम, सामान क्या गाड़ी में ही छोड़ आई?" प्रिया दी के ढेर सारे प्रश्नों में से एक का भी उत्तर नहीं दे सकी चन्दन।

कनखियों से ही उसके उतरे चेहरे को देखकर चतुरा वैष्णवी समझ गई कि कुछ अनहोनी घटना घट गई है।

'चलो-चलो, टैक्सी कर लूँ पहले, बहुत थकी लग रही हो, बस पकड़ने में और थक जाओगी। जब से स्कूटर से गिरी हूँ, तब से अब स्कूटर में नहीं बैठती।"

वह स्वयं ही बकर-बकर करती, उसे लेकर टैक्सी में बैठ गई।

"अच्छा हुआ, जो मैं आज लौट आई। नहीं तो तुम कहाँ-कहाँ ढूँढ़ती फिरतीं! रानीजी को लेकर गई थी मथुरा, वृन्दावन और फिर नाथद्वारा। रानीजी वहीं रुक गईं, बोलीं, 'विष्णुप्रिया, तुम चली जाओ, वहाँ मेरे राधागोविन्द अकेले हैं।' इसी से लौट आई। मन्दिर के पट, कभी आठ दिन से ज्यादा बन्द नहीं रहने देतीं। सोच रही थी अकेली कैसे रहूँगी? चलो अच्छा हुआ, गोविन्द ने तुम्हें भेज दिया।" मार्ग की थकान दो रातों की उनींदी आँखों में उतर आई थी, बिना कुछ कहे चुपचाप हवा की गति से भागती टैक्सी के काँच से चन्दन न जाने, क्या देखती और भी उदास हो उठी थी।

टैक्सी को रोककर विष्णुप्रिया दी ने अपना बिस्तर उतार, चन्दन से हँसकर कहा, "कि गा, नामबी ना?" (क्या री, उतरोगी नहीं क्या?)

रानीजी की विराट हवेली में ही पश्चिम के कोने में राधागोविन्द का मन्दिर था, और उसकी कोठरी में विष्णुप्रिया दी के रहने की भी व्यवस्था थी।

"क्यों भैरवी, तुम्हारी चुप्पी देखकर तो मुझे डर लग रहा है। कुशलमंगल

तो है ना? माया की इधर कोई चिट्ठी भी नहीं आई, ठीक है माया?''

माया ठीक होती तो वह यहाँ आती? अब तक यत्न से रोका गया, अश्रु-प्रवाह स्वयं ही बहुत कुछ कह गया, फिर चन्दन ने आँखें पोंछ लीं। रुक-रुककर, वह आरम्भ से अन्त तक सब कह गई। माया दी की गुरुबहन थी विष्णुप्रिया। माया दी आज होतीं, तो वह शायद उनसे भी सबकुछ कह देतीं। एक लम्बी अवधि से, भीतर ही भीतर घोटी गई वेदना का उफान, अब उसके मौन को ठेलकर उफनता स्वयं ही बाहर गिरता जा रहा था।

''मैं जानती थी, एक दिन ऐसे ही अभागी का अन्त होगा, वैष्णवी अखाड़ा छोड़कर गई, नाथ-कनफटों की सोहबत में। उस अघोरी अवधूत ने मोहिनी जो फूँक दी थी।'' आँचल से आँखें पोंछकर, उन्होंने एक लम्बी साँस खींची।

''अब तुम कहाँ जाओगी, भैरवी?''

चन्दन चौंक उठी, वह वैसे इस प्रश्न के लिए प्रस्तुत नहीं थी।

इस रूप की चिंगारी को, अपने यहाँ के बारूदखाने में रखने का साहस, विष्णुप्रिया सहसा खो बैठी। रानीजी का युवा भानजा बीच-बीच में, अपने मित्रों को लेकर आता रहता था। फिर स्वयं विष्णुप्रिया के गुरु भी तो उससे मिलने कभी आ सकते थे। जिसके अलौकिक रूप ने, माया के सिद्ध-सहजिया का हृदयासन डिगा दिया, वह क्या उसके अधेड़ गुरु को विकार तरंगों में घुरनियाँ नहीं खिला सकता था?

स्पष्ट था कि सदा के लिए अपना अखाड़ा छोड़कर आई है, जानकर, अब विष्णुप्रिया दी उसे अपने अखाड़े की स्थायी सदस्या बनाने में हिचक रही थीं।

वह माया की चेली बनकर दिल्ली घूमने आई है, यह जानकर ही वह उसे साथ ले आई थीं। उनके दो बार पूछे गए प्रश्न का बिना कुछ उत्तर दिए ही चन्दन उठ गई।

''मैं अब चलूँ, प्रिया दी!'' उसने गेरुआ चादर कन्धे पर डाल ली।

कुछ सन्ध्या की उतावली आगमनी ने और कुछ मेघखंडों के जमघट ने, अँधेरे का तम्बू-सा तान दिया था। लगता था, असमय ही वर्षा आरम्भ हो जाएगी।

''ओ माँ! नई जगह में ऐसे कहाँ चली जाओगी? और फिर यह चेहरा लेकर। यहाँ तो अधेड़ वैष्णवियों के पीछे भी गुंडे लग जाते हैं,

फिर तुम...?" उन्हें बीच में ही रोककर, चन्दन ने हँसकर कहा, "तुम मेरे चेहरे की चिन्ता मत करो प्रिया दी, अब इसे छिपाना मैंने खूब सीख लिया है।"

सचमुच ही चादर को लपेट-लपेट उसने बुर्का-सा तान लिया।

"देखा, न?" घुटी आवाज में वह कहने लगी, "अब कौन पहचान सकता है भला वह संन्यासी है या संन्यासिनी?" वह चली गई और प्रिया दी देखती ही रहीं। चलो अच्छा ही हुआ, सिर पर आई बला स्वयं ही टल गई।

गेरुआ चादर से कसकर चेहरा ढाँप-ढूँप, चन्दन बस-स्टैंड पर खड़ी हो गई। सोनिया-विक्रम के साथ न जाने कितनी बार, वह इसी बस-स्टैंड पर खड़ी हुई थी। सामने रंग-बिरंगे धप-धप जलते और दप-दप बुझते अक्षरों में चमकती एल. आई. सी. की बुलन्द इमारत, उसे हाथ पकड़कर स्मृतियों के खँडहर में खींचने लगी। जहाँ चढ़ना था वहाँ चढ़ने में, और जहाँ उतरना था, वहाँ उतरने में फिर उसने रत्ती-मात्र भी भूल नहीं की। फिर इस विराट कोठी को पहचानने में वह भूल ही कैसे कर सकती थी?

राह में ही चाय की दुकान पर बैठकर उसने चाय पी, फिर चादर से ही मुँह ढाँपे, उसने कमर में खोंसी चिलम निकाली, आँचल में बँधे बारूद से सजा, दुकानदार से चार जलते अंगारे माँगने गई तो वह चौंक पड़ा। सारा मुँह ढँका, केवल दो ही आँखें देख पाया वह। कैसा मुँह ढाँपे था वह संन्यासी! क्या पता किसी वीभत्स रोग के प्रकोप से, नाक झड़ गई हो और चेहरे के वीभत्स अवयवों को छिपाने ही गेरुआ बुर्का बाँधे घूम रहा हो। दिल्ली में तो एक से एक नमूने दीखते रहते हैं।

कुछ देर से ही, उसने भट्टी से चार जले कोयले निकालकर उसकी चिलम में छोड़ दिए।

चिलम लेकर, वह चौराहे पर खड़ी जिस नेता की मूर्ति की ठंडी शिला पर बैठ गई, उसे भी वह खूब पहचानती थी।

'कभी रास्ता भूल जाओ तो याद रखना भाभी!' सोनिया ने कहा था, 'इसी मूर्ति की नाक की सीध में चलती, इसके बाएँ कान की ओर मुड़ जाना। सफेद जालीदार मेहराबवाला फाटक है हमारा।' मूर्ति की ही ओट में बैठकर, उसने कसकर दम खींचा—'जय गुरु जालन्धर, बस यहाँ तक जब ले ही आए हो, तो तुम्हीं रखना लाज।'

बाबा पीर, तुम्हारे मजार पर डोरी बाँधी है, चिलम का नशीला धुआँ

धीरे-धीरे मस्तिष्क में चढ़ता, शरबती मदमस्त आँखों में अंजन बनकर उतर आया।

वह उठी तो न पैर काँप रहे थे, न हृदय। यह तो कोई स्मरान्धा नायिका, निःशंक अभिसारिका बनी चली जा रही थी, अपने भवजलधिरत्न को ढूँढ़ने।

मेहराबदार फाटक पर लगी, दूधिया बत्तियों के दो गोलाकार गुम्बद देखकर भी वह रत्ती-मात्र विचलित नहीं हुई। यह मार्ग, क्या अब उसके लिए खुला रह गया था?

'स्वामी के घर से भागना कठिन नहीं होता, भैरवी'—माया दी एक दिन नशे में झूम-झूमकर उसे सुना गई थीं, 'कठिन होता है लौटना! जिस द्वार को खोलकर कूद गई हो, उससे अब क्या लौट पाओगी!'

पर पिछवाड़े का मार्ग तो था। वह सँकरा मार्ग, जिससे घोसी अपनी भैंस दुहने लाया करता था। वहीं से वह ऐसे गहरे आत्मविश्वास से भीतर चली गई, जैसे कहीं घूम-घामकर लौटी हो। अपनी खिड़की पहचानने में उसे समय नहीं लगा, उसी के नीचे आगत भर्त्तिका बनी वह प्रतीक्षा में खड़ी हो गई।

बाबा की मजार पर बँधी डोरी, नशे में झूम रही आँखों के सामने सचमुच फहराने लगी थी।

दूर के कमरे से विदेशी संगीत का स्वर लहराता, तैरता चला आ रहा था। निबोरी की कड़की-मीठी सुगन्ध से स्मृति के नथुने फड़कने लगे। सद्योदृष्ट स्वप्न की भाँति सुनहला अतीत सामने बिखर गया। एकसाथ ही छोटे-छोटे अनजान स्टेशनों पर पति का हाथ पकड़, प्रेम के नन्दन वन की सहस्र गलियों में भटकती रसिकप्रिया, फिर चढ़ने-उतरने लगी। न अब उसे यह भय था कि कोई उसे देख लेगा, न सामान्य-सी आहट ही उसे चौंका रही थी।

पोर्टिको में न रुककर एक लम्बी कार, सीधी उसी के पास रुक गई।

चालक, यदि इतनी सावधानी से न रोक लेता तो गाड़ी, निश्चय ही उससे टकरा जाती।

'कौन है यह बेहूदा?' वह गुस्से में भन्नाया हुआ उतरकर, उसके सम्मुख खड़ा हो गया।

वह हँसी।

कैसी अद्‌भुत हँसी थी वह। जैसे परलोक का कोई यात्री सहसा क्षणिक

चेतना के धुँधलके में, करुणाविमुग्ध स्मृति का जाल बिछाता, आत्मीय स्वजनों से अन्तिम बार हाथ मिलाने चला आया हो।

देहवल्लरी को भगवा उत्तरीय से आवेष्टित किए, वह मदालसा लज्जा, समर्पण, असहायता की साकार त्रिवेणी बनी उसके सम्मुख खड़ी थी।

"मैं जानती थी, तुम्हें देख लूँगी, बाबा के मजार पर डोरी जो बाँध आई थी!" वह फिर हँसी और इस बार उसी हँसी के साथ, अरहर के खेत, कुएँ की रहट और धारचूला की घाटी, विक्रम के सम्मुख आकर बिखर गई।

"चन्दन, चन्दन!" वह पागलों की भाँति उसे बाँहों में भरकर चूमने लगा। वह भूल गया कि अभी-अभी मृत्यु से जूझकर उसकी दूसरी पत्नी ने उसे एक शिशु-पुत्र का पिता बनाया है। वह भूल गया कि जिस मोटर से वह अभी उतरा है और जिसके उदार साये में वह पागलों की भाँति, उसे चूम रहा है, वह भी उसकी दूसरी सास की भेंट है। वह यह भी भूल गया कि पत्नी के प्रसव की कुशल-मंगल के बिना, उसकी सास और माँ, कमरे में चक्कर काट रही हैं। वह तो बाँहों में अपनी अभिरामा की नवीन रूप-छटा देखकर पागल बन गया था। घुटनों तक की भगवा धोती, कंठ में रुद्राक्ष की माला, पूर्ण औदार्य से प्रदर्शित अर्द्धनग्न यौवन की रत्न-मंजूषा जिसे वह अग्नि को साक्षी बनाकर अपने राजकोष में लाया था! उसकी पत्नी, सहचरी, उसकी प्रेमिका।

नहीं, कोई भी कलंक इस चेहरे को कलंकित नहीं कर सकता। चन्द्रमा के कलंक की ही भाँति क्या इसके कलंक ने भी इसे, इस अभिनव रूप में रंग दिया है! वह एक बार फिर उसके अधरों पर झुका, पर यह तो उस कस्तूरी की सुगन्ध नहीं थी, जो उसके शिकारी नाना के गृह में रहने से उसके शरीर में कभी रिस गई थी। इस सुगन्ध को वह पहचानता था। विदेशी मित्रों के दीर्घकालीन साहचर्य की सुगन्ध थी वह। हाल की पढ़ी पंक्तियाँ उसकी आँखों के सम्मुख नाचने लगीं।

'द स्मेल ऑफ मरिजुआना, क्लिंग्स टु ब्रेथ एंड क्लोदिंग। द स्मोकर्स सफर फ्रॉम ब्लड शाट आइज।' भगवा धोती की एक-एक भाँज से उठती मदभरी सुगन्ध की लपट, क्या आँखों को भी लाल बना गई होगी।

अपने सन्देह की पुष्टि के लिए, विक्रम ने छाती लगा चेहरा उठाया, पर उसकी अलस सहचरी ने बाहुपाश की जगड़ को और भी कठोर बना लिया। उसे जैसे भय हो रहा था कि इतनी कठोर साधना से जुटा यह सम्बल कहीं

कोई छीन न ले।

"विक्रम! कहाँ गया तू?" हड़बड़ाकर दोनों विलग हो गए, सास का कंठ स्वर चन्दन को अर्द्ध चेतना से यथार्थ के धरातल पर खींच लाया। वह तेजी से खम्भे की आड़ में छिप गई।

"आ रहा हूँ, मम्मी!" विक्रम माँ की ओर बढ़ा, और वह तेजी से सीढ़ियाँ उतरती मोटर के पास खड़ी हो गई थी।

खम्भे के पीछे छिपी छाया ने सास को देखा, उमड़ती हिचकी को कंठ में घुटककर उसने आँखें मूँद लीं।

"क्या हुआ, कहता क्यों नहीं?" सास बेहद घबराई-सी लग रही थी।

विक्रम माँ का हाथ पकड़कर पोर्टिको की ओर ले चला--

"बोलता क्यों नहीं? ठीक तो है दर्शन? बीसियों बार अस्पताल को फोन किया। तेरी सास तो सौ बार बेहोश हो गईं। एक तो वैसे ही न्युरोटिक हैं, उस पर जब से सुना, सिजेरियन होगा, तब से दर्शन-दर्शन कर बौरा-सी गईं। क्या हुआ? कह न बेटा, आई एम प्रिपेयर्ड फॉर द वर्स्ट।"

"दर्शन ठीक है मम्मी, लड़का हुआ है।" उसने बहुत ही धीमे स्वर में फुसफुसाकर कहा, जिससे गज-भर की दूरी पर खम्भे की ओट में खड़ी छाया न सुन ले।

भाग्य ने कैसे विचित्र दलदल में फँसा दिया था उसे!

पर माँ ने उसकी फुसफुसाहट का बारूद अपनी कंठ की बुलन्द तोप में गोला बनाकर छोड़ दिया : "अरी सोनिया, दर्शन की मम्मी को फिर स्मेलिंग साल्ट तो सुँघा दे! लड़का हुआ है। चल-चल भीतर, यहाँ खड़ा क्या कर रहा है, डैडी को ट्रंककॉल तो मिला।"

"भाग्य देखो, रोज घर पर रहते हैं, आज नाती हुआ तो चल दिए बम्बई।" पुत्र का हाथ पकड़कर वह साथ खींच ले गई।

जिस मार्ग से जो आई थी, वह चुपचाप फिर उसी मार्ग से निकल गई। माया दी ने ठीक ही कहा था...'यह चेहरा देखकर तो कोई भी पुरुष तेरे सात खून माफ कर देगा भैरवी, फिर वह तो तेरा रूप-पिपासु पति है!'

दयालु न्यायाधीश ने सचमुच ही उसके सातों खून माफ कर दिए थे। किन्तु मुक्ति पाकर भी क्या कारागार के कलंक की अमिट स्याही छूट सकती है?

बेड़ियाँ कटने पर भी तो काल-कोठरी से छूटा कैदी, मृत्यु-दंड को नहीं

भुला पाता, स्वयं उसकी ही अन्तरात्मा उसके पैरों में बेड़ियाँ डाल देती है।

संशय में बँधा, वह चकित दृष्टि से, अपने बन्दी-जीवन काल में एकदम बदल गए संसार को देखता, सोचता ही रह जाता है। वह अब कहाँ जाएगा...कहाँ?

ठीक वैसे ही, अनजान भीड़-भरे चौराहे पर खड़ी वह मुक्त बन्दिनी भी यही सोच रही थी—वह कहाँ जाए? कहाँ!

●●●